KB113664

_____ 님께

이 책을 선물합니다.

잘될 수밖에 없는

너 에 게

잘될 수밖에 없는

너에게

최서영 에세이

북로망스

우리는 자주 넘어지고, 울고, 후회한다. 사실 전부 잘 살고 싶은 마음에 생긴 일들이 아닌가? 최서영은 우리에게 간절한 만큼 잘 될 수밖에 없다고, 너무 걱정하지 않아도 된다고 확신을 준다. '잘 살고 있는지를 고민하고 있다면 이미 잘 살고 있는 것'이라는 그녀의 응원 덕에 나는 자리를 털고 일어나 축축한 마음을 햇볕에 말려둘 수 있었다. 이 책을 다 읽고 빳빳해진 마음으로 다시 천천히 걸어갈 것이다. 우리가 걷고 있었던 그 길, 잘되는 삶 속으로.

-이연(80만 그림 유튜버)

한 살 한 살 나이를 먹어가며 문득 궁금해졌다. "왜 아무도 '멋진 어른이 되는 법'을 가르쳐주지 않는 걸까?"
돈이 있으면 멋진 어른이 될까 싶어 열심히 돈도 모아봤지만, 이제는 돈보다 더 중요한 것이 필요하다는 사실을 안다. 누군가 내게 멋진 어른이 되는 법을 묻는다면, 이 책을 손에 쥐여주겠다. 그 중요한 것들이 가득 담겨 있는 이 책을.

-김짠부(50만 재테크 유튜버)

나이가 들며 세상에 부딪히고 깎인 몽돌이 된 나는, 삶의 2차 연소를 꿈꾸며 롤모델을 찾다가 최서영을 떠올렸다. 맑은 얼굴로 적당히 나를 앞서가던 그녀는 지금도 내면이 단단한 소녀로 산다. 늘 자신의 삶을 좋은 쪽으로 이끄는 그녀의 '유연한 굳은살'이 어떻게 생겨났는지 궁금했는데 이 책에서 그 답을 들을 수 있었다. 들숨 없이 날숨만 가득한 우리 인생에, 조용한 수다쟁이 최서영의 마음가짐은 말벗 같은 참고서가 될 것이다.

-도경완(아나운서)

나는 여유롭지만 치열하게, 자유롭지만 계획적으로 살아가는 저자의 비밀이 알고 싶었다. 그 비밀은 그저 온전히 자신에게 솔직해지는 것이었다. 스스로 원하는 삶을 그려나갈 힘이 필요하다면, 이 책을 통해 그녀와 대화해보는 건 어떨까? 당신 마음속에 숨어 있던 예쁜 욕심이 피어날 것이다.

-드로우앤드류(《럭키 드로우》 저자)

나는 뭐든 해도 된다

2017년, 라이프스타일 유튜브 채널 '가전주부'를 개설한 뒤 감사하게도 여러 곳에서 출간 제안을 받았다. 내가 뭐라고 책을 내라는 제안을 해오는 걸까? 스스로 확신이 없던 그때는 모든 제안을 정중히 거절했다. 몇 년 뒤 본격 수다 유튜브 채널 '말많은소녀'를 개설한 뒤로도 출간 제안은 이어졌다. 꼭 책을 내달라는 구독자들의 요청도 하나둘 보이기 시작했다. 내 이야기를 여러 번 돌려보고 이 영상이 삶에 꼭 필요했다고 말해주는 고마운 사람도 있었다. 이 정도면 책을 안 내는 게 오히려 이상하다는 생각이 들었다. 여전히 확신은 없었지만, 뭐라도 써보기로 마음먹었다.

작가로의 데뷔라는 새로운 도전을 앞두고 두려움이 밀려왔다. 내가 정말 책 한 권을 쓸 수 있을까? 내가 쓴 책을 몇 년 후에 펼쳐봤을 때 부끄럽지 않을까? 스스로 흑역사를 만드는 건 아닐까? 자려고 누우면 그런 생각들이 머릿속을 떠돌아다녔다. 유튜브 영상이야 지우면 그만이지만 인쇄물로 남은 책은 다 거둬들여 불태울 수도 없는 노릇 아닌가. 부족함을 스스로 드러내는 일은 아닐지, 독자들이 내 의도보다 더 많은 영향을 받지는 않을지 하나부터 열까지 모든 게 걱정이었다. 아직 글은 한 자도 쓰지 않았지만 상상 속에서 나를 겁주고 있었다. 용기를 주기는커녕, 밑바닥까지 끌어내리고 있었다.

그러다 생각난 영상이 하나 있었다. 두려움이 나를 사로잡을 때면 늘 찾아보곤 했던, 빌리 아일리시의 토크쇼 영상이었다. 그녀는 '결국에 모두 죽고 모든 게 사라질 거라는 사실, 아무리 멋진 일을 해도 아무리 이상한 일을 해도 결국엔 우리 모두 다 사라질 거라는 사실'만이 자신을 안도하게 만든다고 했다. 단 몇 마디 말로, 어떤 도전이든 두려워할 필요가 없는 이유를 가장 와닿게 설명해주었다. 작가라는 인생의 첫 도전 앞에서 움츠러들었던 그 순간, 나는 빌리 아일리시의 그 시크한 눈빛과 말투를 떠올리며 다시 한번 용기를 냈다.

"그래, 써보자! 사람들은 놀랍게도 나에게 관심이 없다."

그렇게 보면 세상에 못할 일이 없다. 남의 시선 같은 건 사실 10년만 지나도 아무 의미 없어질 연기에 불과하다. 두려움은 그보다 더 수명이 짧다. '남들이 뭐라고 생각할까? 지금 이 행동이 미래의 나에게 화살이 되어 돌아오지 않을까? 나중에 후회하면 어쩌지?'와 같은 근거 없는 두려움은, 현재의 내가 절대 컨트롤 할 수 없는 일이다. 그러나 우리는 그 두려움 때문에 우리는 수많은 기회를 놓치고 만다.

그럴 때 차라리 이렇게 생각해버리면 어떨까.
내 인생은 이미 실패했다고.

빳빳한 새 노트에 첫 줄을 쓰는 건 어렵지만 낙서가 가득하고 찢겨진 종이엔 무엇이든 주저 않고 쓱쓱 써볼 수 있는 것처럼, 이미 내 인생은 실패했다고 생각해보자. 여기서 실패했다는 말은 망했다는 말과 다르다. 여태까지 많은 실수들을 저지르고도 무사히 살아온 나니까, 앞으로 어떤 일을 하더라도 또 다시 잘 살아가리라는 자조적인 자기 신뢰다.

살아가는 동안 흑역사는 생기기 마련이다. 의도한 대로 모든 것을 이루며 실패 없이 살 수도 없다. 우리는 어차피 각자의 방식대로 조금씩 실패한 인생이다. 자신의 모든 선택에 일말의 후회도 없이 사는 사람은 아무도 없다. 그저 조금이라도 후회하지 않으려, 지난 일에 아무렇지 않으려 애쓰며 산다.

하지만 그 역시 우리가 살아가는 동안의 일일 뿐이다. 나를 좋아하는 사람, 나를 싫어하는 사람, 나의 공과는 언젠가 모두 사라져 지구의 먼지가 돼버릴 테니까.

그러니 뭐든 해도 된다.

2022년 8월

최서영

제1장

나한테 관심 있으세요?

제2장 관계에서 착각하지 말아야 할 것들

내 인생을 바꾸기로 결심하다

어느 날 일을 마치고 집에 돌아왔는데, 문득 눈앞에 보이는 모든 게 마음에 들지 않았다. 인터넷에서 대충 사이즈를 맞춰 산 제멋대로 주름이 잡힌 커튼, 마루 업체에서 추천받아 깐 톤이 애매한 마룻바닥, 유행 따라 가성비만 따져가면서 산 통일성 없는 가구들, 인스타그램 어디에서 보고 산 액자들과 생기를 잃어가는 화분들.

우리 집은 언뜻 보면 괜찮아 보였지만, 조금만 가까이서 들여다보면 취향이라곤 없는 사람의 집이라는 걸 알 수 있었다. 엉망은 아니지만 그렇다고 매력적이지도 않은 집은 마치 내 인생 같았다. 그럭저럭 남들처럼 살려고 발버둥치던 내 모습 같았다.

나의 목표는 늘 1등이 아닌 상위권이었다. 1등을 하려면 너무 힘들 것 같았고, 굳이 그렇게까지 해야 할 이유를 찾을 수도 없었다. 1등이 되어 시샘을 받느니 1등을 시샘하는 편에 서는 것이 마음 편했다.

하고 싶은 일보단 해야만 하는 일을 하며 살았고, 갖고 싶은 것보단 사람들이 가져야 한다고 말하는 것을 사는 데에 익숙했다. 적당한 노력으로 얻을 수 있는 것들, 남들 눈에 이 정도면 괜찮겠지 싶은 것들로만 가득한 삶. 나는 늘 최선보단 차선을 택해왔다.

그렇게 택한 것들에 만족했다면 별 문제 없었겠지만 나는 늘 후회를 한 움큼 쥐고 살았다. 적당히 살아낸 내 삶과 적당히 만들어낸 결과물에 애착이 생길 리 없었다.

품이 들더라도 커튼 원단부터 사이즈까지 내 마음에 드는 대로 꼼꼼하게 결정했다면 어땠을까. 예전부터 눈여겨봐왔지만 나한테 과분한 것 같아서 마음을 접어버렸던 가구를 큰맘 먹고 샀다면 어땠을까. 그랬다면 적어도 일을 마치고 돌아온 텅 빈 집에서 내가 도대체 뭘 하며 살아온 건지 헤매는 기분은 느끼지 않았을지 모른다.

그때까지 나는 세상의 오만 것에 귀를 기울이면서도 정작 자신의 목소리에 귀 기울이지 못했다. 내 형편에, 내 나이에, 내 체면에…라는 핑계를 대며 그저 남들만큼 사는 것만이 유일한 목표였기에 행복 앞에 당당할 수 없었다.

그날 오후, 집에 어울리지도 않는 시든 화분을 쓰레기통에 쏟아버리면서 결심했다. 조금 어렵더라도 최선을 택해보자고. 내 삶에 욕심을 내보자고. 나에게 관심을 갖고, 나를 공부하고, 내 욕심에 솔직해져 보자고. 내 삶을 내 식대로 만들어가자고. 세상이 욕심내도 된다고 하는 것들에만 몰두하느라 진짜 자기가 원하는 걸 단 한 번도 들여다보지 못하는 사람이 되지 말자고.

그렇게 결심하고 나서 내 가장 큰 관심사는 나 자신이 되었다. 진짜 나를 알아가기로 작정한 다음부터 내 인생은 많은 것이 바뀌었다.

욕심 없고 여유 있는 척 사는 대신 열심히 사는 게 재미있다고 당당히 말할 수 있게 되었다. 다소 과분해 보이는 것도 욕심낼 용기가 생겼다. 타인의 칭찬에 "운이 좋았어" 대신 "내가 정말 열심히 한 거야"라고 말할 수 있게 되었다. 나는 더 이상 백조처럼 우아하게 떠다니기 위해 수면 아래서 열심히 발을 구르는 걸 부끄러워하지 않게 되었다. 왜냐하면, 그게 진짜 내가 원하는 삶이니까.

다른 사람은 속여도 나 스스로를 속일 수는 없다. 계속 나를 부인하고 살다 보면 삶의 어느 지점에서 공허해지는 순간이 올 수밖에 없다. 운전은 내가 하고 있지만 내가 원하는 길로 가지 않는 것과 마찬가지니까.

길 잃은 기분을 해소하는 몇 가지 방법

☺ 운동하기

동적이거나 정적인 운동 모두 상관없다.

땀 흘리면서 내 몸의 소리에 귀 기울여보자.

☺ 일기 쓰기

내 감정과 욕구를 시각화하면 내 마음이 또렷이 보인다.

☺ 짧은 명상하기

종교가 없어도 괜찮다. 중요한 건 내 목소리다.

나한테 관심을 가져보자. 뭔가 들릴 것이다!

욕심낼 자격은 따로 없다

적당히만 살아왔던 내 속내를 들여다보면 거기엔 '자격'에 대한 고민이 있었다. 누구도 정해주지 않은 한계선을 내 멋대로 그어놓고, 그 선을 넘으려고 할 때마다 "내가 이걸 가질 자격이 있는 사람인가, 이렇게 행복할 자격이 있는 사람인가"를 따져보는 식이었다.

그 한계선이 하한선이었으면 오히려 괜찮았을지도 모른다. '이렇게 불행하면 안 되지, 힘들어도 정도껏 힘들어야지'라는 생각들이 나를 지킬 수 있는 방어막이 됐을 테니까. 하지만 내가 그은 한계선은 상한선이었다. 더 행복해지려는 나를, "그건 욕심이야! 넌 아직 자격이 안 돼!"라는 말로 끌어내리곤 했다. 좋은 기회를 마주했을 때도, 인생이 다음 단계로 나아가려 할 때도, 도전할 용기가 필요할 때도 스스로를 막아서는 건 나 자신이었다.

삶에 욕심낼 자격이 있느냐고 스스로 의심하는 습관은, 원하는 것을 원한다고 말할 용기조차 빼앗아 갔다. 누군가 나에게 뭐가 되고 싶냐고 물어올 때도 나는 솔직하게 말하지 못했다. 그저 희망사항일 뿐인데 그 꿈을 입 밖에 내는 데에도 자격이 필요할 것 같았다.

나는 적당히 괜찮아 보이는, 넘봐도 괜찮을 것 같은, 내 꿈이 아닌 것들을 내 꿈이라 둘러댔다. 그리고 나조차도 그것들이 내 꿈이라고 믿어버렸다. 어쩌다 좋은 걸 손에 쥐게 되었을 때도 내 것이 아닌 것 같은 불편함에 가진 걸 충분히 누리지 못했다. 그렇게 하는 것이 겸손하고 욕심 없는 착한 사람의 심성이라 믿으면서.

나는 "호랑이를 그리려고 하면 고양이라도 그린다"는 말을 믿는다. 할 수 있는 선에서 가장 큰 꿈을 꾸면 설령 그 꿈을 이룰 수 없을지언정 엇비슷한 것이라도 이루게 된다는 뜻이다. 과거의 나는, 큰 꿈은 고사하고 '튀지 않으면서도 너무 뒤처지진 않게 살 것'을 목표로 달렸다. 난 욕심쟁이가 아니니까. 난 욕심 부릴 자격이 되려면 멀었으니까.

그렇게 흘려보낸 청춘이 너무나 아깝다고 깨달은 순간, 텅 빈 집에 앉아 나에게 다시 한번 기회를 주기로 한 그 날, 내가 했던 다짐들은 이랬다.

"적당히 사는 거, 30년 했으면 됐어!"

"욕심쟁이라는 소리 좀 들으면 어때?"

"세상이 되라는 모습의 내가 아닌, 내가 되고 싶은 모습으로 살 거야."

"내가 선택할 수 있는 것 중에 최선을 선택하며 살자."

그동안 살아온 삶을 갈아엎을 지혜와 힘이 나에게 있을

지 두려웠다. 하지만 모른 체할 수 없이 나를 훅 파고든 권태와 후회의 감정을 이대로 흘려보내고 싶지 않았다. 나는 텅 빈 방에서 느낀 감정들을 원동력 삼아 용기를 냈고, 그후로 내 삶은 무척 달라졌다.

원하는 걸 원한다고 말하고, 좋은 걸 얻으면 과분하다는 말 대신 감사하다고 말했다. 내 욕심을 솔직히 인정하고 거기에 따라오는 비난이 있다면 그대로 받아들이기로 했다. 많이 원할수록 많이 노력해야 한다는 사실도 인정했다. 나의 에너지는 한정되어 있으니 적당히 마음이 가는 곳에 아깝게 힘을 뺄 필요가 없었다. 정말로 살고 싶은 삶과 그걸 이루는 요소들에만 집중하기 시작했다.

내 삶에 욕심내기 시작했다고 해서 모든 게 내 맘대로 되지는 않았다. 하지만 온전히 내 선택이기에 실패도 괜찮았다. 예전과 똑같이 하루 24시간을 살았지만, 이번에는 정말 내가 내 삶을 사는 것 같은 기분이 들었다. 행복의 자격을 묻는 대신 그 자리에 노력을 채우기 시작했다.

적어도 나에게 있어 '욕심쟁이'라는 말은 세속적인 탐욕으로 가득해 분수에 넘치게 원하고 남의 것을 탐내는 사람이라는 뜻이 아니다. 내가 정의 내린 욕심쟁이는 '스스로의 욕망을 인정하고 삶에 한계를 두지 않는, 두려움 없이 스스로에게 솔직한 사람'이다.

삶에 욕심을 낼수록 내 삶이 내 꿈에 한 발짝 가까워지는 것은 당연한 이치다. 남의 시선 때문에 혹은 내 분수에 넘치는 것 같아서 혹은 도전이 두려워서 그동안 원하는 삶을 욕심내지 않았었다면, 이제는 긍정적이고 발전적인 의미의 욕심쟁이가 되어 원하는 삶에 가까워져 보자. 고만고만하게 적당히 살지 말고, 좀 더 큰 그림을 그리고 적극적으로 다가가자. 몇 달 뒤, 몇 년 뒤에 돌아보면 분명히 지금보다 훨씬 나은 모습의 내가 되어 있을 것이다. 어쩌면 당신은 정말 호랑이를 그릴 수 있을지도 모른다.

자기 검열 대신 자기 점검

나는 자주 죄책감을 느끼곤 했다. 대화 상대의 표정이 불편해질 때, 일의 결과가 안 좋을 때, 누군가 나를 미워할 때 등 살면서 흔히 겪는 크고 작은 불편한 상황에서 시시비비를 가리기보다는 모든 것을 내 잘못으로 여겼다. 심지어 일이 잘 풀리거나 커다란 근심이 없어서 행복할 때도 무언가 잘못됐다는 생각이 들었고, 때로는 미안해할 상대가 없는데도 대상 없는 미안함에 괴로웠다. 모든 잘못이 나에게 있는 거라면 나만 잘하면 되는 것이니 손쉽게 상황을 받아들이고 해결하기 위해 습관처럼 스스로를 바닥으로 끌고 내려갔다.

책임감이 강한 성격이라고 볼 수도 있지만 이렇게 사는 것의 가장 큰 문제는 나다울 수 없다는 것이다. 나의 모든 행동을 검열하고 죄의식을 느끼는 것이 반복되다 보니 매 순간 움츠러들기 일쑤였다. 이걸 해도 되나? 이게 좋은 건가? 이 색깔이 어울리나? 점점 아주 사소한 것조차도 내가 판단하고 결정하기 어려워졌다. 나를 믿을 수 없게 되고 내 잘못으로 일을 그르칠 수도 있다는 생각에 의지할 만한 타인의 눈을 찾게 되었다. 이렇게 자기결정권을 버리는 건 남에게 나를 휘두르라고 내어주는 것과 다르지 않다.

데이비드 호킨스는 저서 《의식 혁명》에서 의식수준의 레벨을 평가하는 영성지수를 빛의 밝기로 분류(20~1000룩스의 범위에서)한다. 기쁨은 540룩스, 포용은 350룩스, 용기는 200룩스로 밝은 데 비해 두려움은 100룩스, 무기력은 50룩스, 죄책감은 30룩스로 부정적이고 레벨이 낮은 의식수준일수록 밝기가 약하다. 호킨스는 '죄책감'이 자기 연민과 자기 학대, 피해의식을 불러일으킬 뿐 아니라 분노를 일으켜 자신과 타인을 해하는 행위로 발전한다고 말한다.

나를 망치는 근거 없는 죄책감이 어디서 왔는지 아직도 잘 모르겠다. 어릴 때 성당에 다니며 무수히 들었던 '내 탓이오, 내 탓이오, 모두 내 탓'이라는 기도문 때문이었을까? 잘하는 건 당연하고 잘 못하면 모든 비난을 감수해야 하는 K-장녀의 입지 때문이었을까? 착한 아이가 되어 모두의 사랑을 독차지하고 싶다는 욕심 때문이었을지도 모르겠다.

　죄책감을 버려야겠다는 생각을 한 다음부터 나는 분명히 결심했다. 내가 한 일에 대한 책임감은 가지되, 피곤하고 불필요한 자기 검열을 하지 않기로. 그리고 나만의 기준을 세웠다.

타자의 눈으로 나를 바라보기. 남만큼만 나를 비난하기.
'내가 한 일을 만약 남이 했을 때도 똑같이 비난할 것인가' 생각하기.

　쉬운 예를 들어 동료가 회사에서 어떤 실수를 했고 내 입

장에서 "그럴 수도 있지" 하는 정도의 일이라면 그게 내 잘못일 때도 똑같이 넘어간다. "그건 너무 심했다"라는 생각이 들면 그게 내 일일 때도 진심으로 반성하고 고쳐나가도록 노력한다.

친구와 다투었다면 "친구가 나에게 이렇게 말했을 때 나도 저렇게까지 화를 냈을까?" 하고 바꿔 생각해본다. 입장을 바꿔 생각해보고 이해하려 애쓰는 과정이 힘들 수 있지만, 모든 걸 내 탓으로 돌리거나 싸우면서 오간 모든 말을 끊임없이 곱씹으며 괴로워할 필요는 없다.

잘못의 경중을 수치화할 수는 없지만 이렇게 객관적인 눈으로 내 행동을 보기 시작하면서 내 마음의 많은 부분이 가벼워졌다. 사사로운 일에 죄책감을 느끼고 스스로를 옥죄는 일이 눈에 띄게 줄어들었다. 그만큼 중요한 다른 것을 돌볼 여유도 생겼다. 가끔은 내가 너무 뻔뻔해졌나 싶지만 어쩌겠는가. 내가 나를 보호할 수 있다면 조금은 뻔뻔해져도 괜찮다.

자신을 자주 돌아보고 반성하는 것은 나쁠 게 없다. '자기 점검'은 오히려 성숙한 태도이자 스스로의 발전을 위한 필수적인 행위다. 하지만 모든 상황에서 매번 '자기 검열'을 하는 건 결코 건강하지 않다. 만약 내 행동이 법적으로나 도덕적으로나 비난의 여지가 없는데도 누군가 계속 불쾌해한다면 그것은 상대 마음의 문제일 가능성도 있다. 그 사람이 해결해야 할 문제다.

일의 결과는 유기적이다. 내가 한 가지 잘못을 했다고 해서 모든 일이 잘못되지 않는다. 일을 그르칠 수밖에 없는 여러 상황이 동시다발적으로 일어났을 확률이 높다. 내가 실수하고 잘못했더라도 어쩔 수 없다. 한 번도 실수하지 않고 사는 사람은 없다. 누군가에게 전혀 미움받지 않고 사는 사람도 없다.

우리가 집중해야 할 것은 잘못하지 않고 미움받지 않는 게 아니라 같은 실수를 반복하지 않는 것, 어제의 나보다 좀 더 나아지는 것뿐이다.

마인드컨트롤을 위한 문장들

✎ 책임감과 죄책감은 다르다.

✎ 바늘에 찔리면, 그만큼만 아파하면 된다.

✎ 모든 상황에서 자기 검열을 할 필요는 없다.

✎ 모두에게 사랑만 받고 사는 사람은 없다.

✎ 나를 보호할 수 있는 건 나뿐이다.

✎ 같은 실수를 반복하지 않는 것에 집중하자.

✎ 나는 어제의 나보다 좀 더 나아질 수 있다.

(with)

📖 《일단 오늘은 나한테 잘합시다》 (도대체, 위즈덤하우스)

📖 《자존감 수업》 (윤홍균, 심플라이프)

▶ 유튜브 〈말많은소녀〉 채널 '자기 검열' 영상

평판과 잘 사는 삶의 상관관계

나는 어떤 사람인가?

수없이 고민을 해봐도 나를 명쾌하게 설명할 수 있는 썩 좋은 방법이 떠오르지 않는다.

자기 자신에 대한 관심이 역사상 최고치가 아닐까 싶은 시대, 퍼스널 브랜딩이 대유행을 하고 있는 요즘도 똑떨어지게 자신을 설명하는 사람을 찾아보기 힘든 걸 보면 자신을 객관적으로 바라보기란 원래 불가능한 게 아닐까.

그렇다면 사람들은 당신에 대해 뭐라고 말하는가?

사람들은 남의 평가를 지독히 싫어하면서도 그 평가를

통해 자신의 위치를 확인하고 안심한다. 내가 나를 볼 수 없으니 타인의 눈을 빌려서라도 나를 보고 싶어 한다. 평판이라는 건 우리가 속한 사회 안에서 내가 어떤 존재로 살아가고 있는지를 알 수 있는 하나의 지표이기도 하다. 그래서 우리는 때때로 진짜 잘 살아가는지 보다 '잘 살아 보이는지'에 더 집착할 때가 많다.

SNS를 조금만 살펴봐도 '잘 사는 듯 보이는' 평범한 사람들은 쉽게 눈에 띈다. 그리고 그들에게 익명의 공격성 댓글이 달린 모습도 어렵지 않게 볼 수 있다. 유명인들 역시 좋은 평판만 갖고 있는 건 아니다. 한 나라의 대통령, 업적이 뛰어난 과학자, 이름만 들어도 알 만한 기업인, 연예인 등 무수히 많은 이들에게 감당하기 어려운 비판과 비난, 안티가 따라다닌다. 그러나 대부분의 사람들은 그런 평판에 신경 쓰지 않으려고 노력하고, 자기 중심을 잡고 신체적·정신적으로 건강하게 살기 위해 노력한다. 왜일까?

어쩌면 그들은 '좋은 평판'과 '잘 사는 삶'에 뚜렷한 상관관계가 없다는 것을 이미 알고 있는 건 아닐까? 사람들 사이에서도 평판이 좋고, 누구나 존경할 만한 삶을 사는 사람도 분명히 있겠지만, 정말로 그 둘 사이에는 큰 관계가 없을지도 모른다. 명확한 기준이 없으니까. 누군가에 대한 입장과 견해는 받아들이는 사람들의 문제인 경우도 많다. 내가 잘한다고 나에게 꼭 좋은 평판만 뒤따르는 것도 아니고 몇 번 못했다고 비난만 뒤따르는 것도 아니다. 오히려 잘나갈 때 모함과 뒷담화가 더 많은 법이고, 한두 번 실수에 진심 어린 응원이 쏟아지기도 한다.

그래서 나는 남의 평가에 덤덤해지려고 무던히 애쓰며 산다. 내가 컨트롤 할 수 없는 영역이라면 그냥 나의 길을 묵묵히 걷자고 생각해버리는 거다. 내가 어떻게 행동하든 사람들은 자기가 보고 싶은 대로 보고, 말하고 싶은 대로 말할 때가 많다. 내가 잘못해도 나를 좋아하는 사람들은 나의 허물을 덮어주려 애쓰고, 내가 잘해도 나를 싫어하는 사람들은 어떻게든 나를 몹쓸 사람으로 만든다. 나 역시도 내가 좋아하는 사람에게 보여주는 이해심과 내가 싫어하는 사람에게 보여주는 잔인함의 간극에 놀랄 때가 많다.

결론적으로 주위의 평판과 잘사는 삶에는 큰 상관관계가 없다. 평판과 잘사는 삶 중에 내가 더 초점을 맞춰야 하는 쪽은 '잘 사는 삶' 쪽이다. 그러니 평판을 굳이 좋게 바꾸려 노력하지 않아도 되고, 그에 휩쓸려 과도한 스트레스를 받지 않도록 해야 한다.

나에 대한 모든 평가와 오해를 일일이 해명하는 것만큼 '을'을 자처하는 일이 없다. 그러니 내가 도마 위에 올랐다는 생각이 든다면, 변명하고 위축되기보다는 시간이 진실을 밝혀주길 기다리며 묵묵히 나의 할 일을 해나가는 편이 훨씬 낫다.

자신의 평판이 어떤지 걱정되어 지레 겁먹거나, 안 좋은 소문으로 마음고생하고 있는 사람이 있다면 이 말을 꼭 해주고 싶다. 영화 〈리틀 포레스트〉에서 왕따를 당해 속상해하는 딸 혜원에게 엄마가 전한 말이다.

"너 괴롭히는 애들이 제일로 바라는 게 뭔지 알아?

네가 속상해하는 거.

그러니까, 네가 안 속상해하면 복수 성공."

내가 신경 쓰지 않으면 누구도, 어떤 말로도 나를 평가할
수 없다. 내가 잘 살아가고 있고, 잘 살고자 한다면 몇몇이
만들어내는 소용없는 평판으로 나는 무너지지 않는다. 내
가 잘 살면 그것으로 복수(?) 성공이다.

남을 평가하는 말을 하기 전에 잊지 말 것

☺ 나는 누군가를 평가할 입장에 있는가.

☺ 평가하는 내 모습 역시, 평가의 대상이 될 수 있다.

☺ 일상적 평판과 업무적 평판을 구분 짓자.

☺ 나를 향한 업무적 평판은 관리할 필요가 있다.

☺ 업무에 연관된 오해가 있다면 분명히 짚고 넘어가자.

☺ 감정적인 대처는 금지. 인사팀이나 상사 등을 통해 공식적
   이고 합리적인 방법으로 풀어나가자.

☺ 위기에 대처하는 내 모습 또한 평가의 지표가 될 수 있다.

with

📖 《일 잘하는 사람은 단순하게 말합니다》 (박소연, 더퀘스트)

▷ 유튜브 〈말많은소녀〉 채널 '평판이 나빠졌을 때 대처법' 영상

멍청해지기 싫어서 지키는 루틴

살면서 정립해온 나만의 사소한 가치관들은 자주 바뀌어왔지만, 한 번도 바뀌지 않은 다짐도 있다. '겸손하자'. 나도 모르게 교만해지거나 감정적으로 행동하고 있다는 것을 느낄 때면 스스로 멍청해지고 있다는 생각이 들면서 자괴감이 밀려오기 때문이다.

'겸손'은 내가 썩 잘난 인간이 아님을 인정하는 것에서 시작해서, 지극히 평범한 (어떤 면에서는 평범에 못 미치기도 하는) 나이기에 목표를 이루려면 땀 흘리며 노력해야 한다는 결론으로 끝난다. 나에게 겸손은 부족한 나를 깨닫고 더 나아지고 싶게 만드는 동기다. 언제든 내가 틀릴 수도 있다는 사실을 인지시키고 마음의 빗장을 여는 열쇠다. 그런 겸손의 마음으로 꼭 지키려고 노력하는 나의 루틴 세 가지를 소개한다. 나는 이것들을 지키며 내 다짐을 되새긴다.

1. 글을 쓰자

지금보다 더 나은 내가 되기 위해 하는 노력 중 가장 신경 쓰는 것은 글쓰기다. 머릿속에서 흘러다니는 수많은 생각을 글로 기록하고 자료로 만든다. 현재 내 지적 수준이나 감정 상태를 잘 파악하기 위해서 한두 줄이라도 무언가를 쓰려고 노력한다.

또 글쓰기는 상상 속 아이디어를 현실로 데려와준다. 쓰고 읽고 되뇌다 보면 실현 가능성이 높아지는 법이다. 형체모르게 흩어져 있던 아이디어를 구체화해 내 것으로 만들 수 있게 된다. 좀 더 실행력 있는 나를 만들어준다.

식단 일기를 쓰다 보면 식습관이 개선되고, 감정 일기를 쓰다 보면 심리 상태가 보이는 것처럼 말이다. 실제로 나는 인스타그램으로 독서 노트를 쓴다. 내가 읽는 책의 경향을 한눈에 볼 수 있어 의식적으로 다양한 책을 읽게 되고 한 사람이라도 본다는 생각에 꾸준히 게시물을 올린다.

글쓰기가 어렵다면, 그날 있었던 굵직한 사건과 거기서 느낀 점을 한 줄로 요약하는 것으로 글을 써보자. 우리의 목표는 명작을 쓰는 게 아니라 나를 기록함으로써 더 나은 내일을 만드는 것이다. 글 자체에 집착하지 않아도 된다.

2. 인풋과 아웃풋의 균형을 맞추자

일상에서 인풋(input)과 아웃풋(output)의 균형을 맞추고자 노력한다. 하루 종일 보고 듣는 인풋을 나의 방식으로 소화하기 위해서 반드시 아웃풋을 내려고 한다. 영화를 봤다면 감상평을 남기고, 음악을 들었다면 플레이리스트를 만들어보는 식이다. 이런 과정은 일상을 생산적으로 만들어줄 뿐 아니라 나의 취향을 좀 더 분명하게 만들어준다. 보고 듣고 경험하고 끝내는 것이 아니라, 그것을 재창조

함으로써 창작을 연습하게 되는 것이다. 이 노력이 루틴이 되는 순간, 내 모든 삶은 흘러가지 않고 어딘가에 기록되어 내 삶을 단단하게 지탱해준다. 그 경험들이 필요한 적재적소의 순간이 인생에 몇 번은 온다.

3. 몸을 쓰자

마지막으로 반드시 몸을 쓰는 일을 한다. 규칙적인 운동은 몸 관리뿐 아니라 뇌 관리를 돕는다는 연구 결과가 많다. 땀 흘리며 몸을 움직일 때는 에너지가 몸에 집중되기 때문에 팽팽 돌던 머리가 잠깐 쉴 수 있다. 나는 매일 수영을 하는데 호흡과 손을 젓는 횟수에 집중하다 보면 잡념이 사라진다. 하루 종일 분주했던 뇌가 비로소 쉬게 된다. 이렇게 머리가 쉬는 동안 무의식이 생각을 정리해주기 때문에 운동 후에는 일 처리가 훨씬 효율적으로 돌아가는 기분이 든다.

또 몸만큼 정직한 게 없어서 좋은 걸 먹어주고 많이 움직여주면 체력이라는 보상이 따른다. 무얼 잘하려면 체력이

필수다. 시간과 힘을 내 몸에 투자하는 것만큼 자기 자신
을 사랑하는 방법은 없다.

이런 루틴을 반복한다고 해서 인생이 한순간에 180도
달라지는 것은 아니다. 하지만 나의 부족함과 성장을 기록
하면서 겸손을 배우고 나를 알게 된다. 내가 흡수하는 것
들을 통해 나의 취향을 만들어가고, 나의 육체와 정신을
모두 건강하게 만든다.

멍청해지지 않기 위해 하는 나의 루틴들을 참고해서 자
기만의 루틴을 만들어보기를 권한다. 매일매일이 어렵다
면 한 번씩, 하루씩 시도해서 그 기간을 점차 늘려가보자.
이 루틴들은 분명히, 나를 어제의 나보다 나아지게 만들
것이다.

슬기로운 취미 생활

앞서 이야기한 것 외에도 나의 삶에 양분이 되는 습관이 몇 가지 더 있다. 그중 하나가 '생산적인 취미 생활'이다. 취미에까지 생산성을 들이대는 나에게 학을 떼는 사람들도 있겠지만 나는 실제로 취미를 통해 의도치 않은 생산성이 생겨나는 경험을 종종 했다. 바람직한 예상 외 소득에 나조차 놀랄 때가 많았다.

나는 주변에서 알아주는 사교육 매니아(?)다. 대충 떠올려봐도 성인이 되어 배운 것만 해도 열 가지가 넘고, 나름 오래 배운 것, 잠깐 배운 것을 합하면 셀 수도 없이 많다. 일이 바쁠 때가 아니면 온라인과 오프라인 클래스를 가리지 않고 수업을 들으며 무언가를 배우려고 애쓴다.

내가 들었던 수많은 수업들

사진 촬영	사진 보정	심리 상담
색채 심리 상담	영상 보정, 편집	그림
공간 디자인	3D 모델링 프로그램	캘리그라피
꽃꽂이	독립출판	PDF 부업
아이패드 강좌	글쓰기 강의	시사 경제 공부
목공	기타 연주	…

취미는 무언가를 능동적으로 하고 있는 동시에 본업을 쉬고 있는 것이기에 생산적 휴식에 가깝다. 본업과 동떨어져 있는 생산적인 일을 하면 본업을 바라보는 눈이 달라진다. 유튜브가 본업인 나는 그림과 사진, 인테리어를 취미로 배우면서 색감이나 공간에 대한 감각이 생겼다. 결과적으로 업로드하는 영상들의 퀄리티를 높일 수 있게 되었다. 독

서를 취미로 삼다 보니 유튜브나 인스타그램에서 할 수 있는 이야기도 다채로워졌다.

배움이 꾸준히 이어지지 않을 때도 많지만 완벽하게 숙지하지 못했다는 죄책감이나 부담감을 느끼지 않는다. 일에 무조건 도움이 되게 만들겠다는 목표가 없기 때문에 자연스러운 습득도 가능하다. 아무데도 써먹지 못해도 그저 취미일 뿐이니 시도 자체가 뿌듯하고 재미있다. 새로운 것을 배우는 행위만으로도 내가 모르던 세상의 문을 열어주는 기분이니까.

빠르게 변하는 세상이 두렵다면 여러 가지를 적극적으로 접해보는 것도 도움이 된다. 다양한 걸 배우려는 시도는 새로운 것에 겁내지 않고 도전하는 태도를 길러준다. 막연히 두렵게만 생각했던 것도 해보면 별거 아닌 게 생각보다 많다는 걸 알게 된다.

그동안 내가 배워온 것들은 내가 하는 일과 어느 정도 관련이 있기도 하고 없기도 한, 그러니까 업무 스킬을 직접적으로 업그레이드 시키는 교육은 아니었다. 하지만 크고 작은 배움들을 통해 나는 미처 생각하지 못했던 나의 취향을 발견하고 내가 잘하는 것을 새로이 알게 되었다. 꼭 몇 년에 걸쳐 대단한 프로젝트를 취미로 삼거나 자기계발을 위해 투자하지 않아도 가능한 일이다.

지금 찍어놓은 점들은 언젠가 연결되어 선이 되기도 한다. 쓸모없는 배움은 없었다. 어딘가에 써먹을 만한 것이 아니더라도 취미가 있는 삶은 어쩐지 멋지지 않은가. 취미 하나쯤 갖고 있는 삶은 무색무취의 일상에 향기를 더해준다. 똑같은 하루하루를 다채롭게 만들어 활력을 준다. 결과적으로 나라는 사람을 더 나답게 만들어준다.

이번 주말엔 뭐할까?

☺ 취미는 절대 주 7일로 하지 않는다. 절대 부담 금지!

☺ 취미는 루틴이 아니라 설레는 일이어야 한다.

☺ 꾸준히 유지할 수 있도록 달성이 쉬운 목표를 세운다.

☺ TV나 유튜브, SNS에서 흥미로웠던 것은 꼭 검색하자.

☺ 뭘 할지 모르겠다면 길거리 간판, 검색, 지인 추천을 활

　용하자. 전문가에게 직접 연락해보는 것도 좋다.

(with)

📖 《좋아하는 걸 좋아하는 게 취미》 (김신지, 위즈덤하우스)

▷ 유튜브 〈이연〉 채널 '나름 괜찮은 3,000원짜리 취미생활' 영상

▷ 유튜브 〈코지데이〉 채널 '취미추천' 영상

자존감은 스스로 만들어도 돼

내 어린 시절은 크게 드라마틱하지 않았다. 모르는 사람이 본다면 '이렇게 평범하다고?' 하고 놀랄지도 모른다. 여러 차례 곱씹어봐도 부모님의 육아 방식이나 학교생활, 교우 관계에서 그다지 상처받은 일이 없다. 적절한 사랑과 훈육 속에 넘치지도 모자라지도 않는 어린 시절을 보냈지만 그렇다고 내가 정서적으로 안정되어 있는 사람이었냐고 묻는다면 '네'라고 대답할 수는 없다.

무사히 성인이 되었지만 나는 맷집이 약했다. 처음 경험하는 사회생활의 모든 구석이 힘들어서였을까. 사교적이고 밝았던 성격은 점점 비관적으로 바뀌어갔다. 일과 사람에 지쳐 너덜너덜해진 나는 한두 달에 한 번씩 번아웃과 무기력에 휩싸였고 대인기피증 증상까지 겪었다. 폭식으로 불안과 스트레스를 해소하고 나면 당연한 순서인 양 자기혐오에 빠지곤 했다.

바닥을 치는 경험을 하며 느낀 건 세상에 나를 구해줄 수 있는 사람이 없다는 거였다. 나를 이 세상에 낳아준, 자신보다 나를 더 사랑하는 엄마조차도 내 문제를 대신 해결해줄 수는 없었다. 나를 토닥이며 어질러진 방을 치워주고, 밥은 꼭 챙겨 먹으라며 반찬을 갖다주실 수는 있어도 나를 끌고 나가 누군가를 억지로 만나게 해줄 수도, 숟가락으로 밥을 떠 내 입에 먹여줄 수도 없었다. 나에게 생긴 문제는 내 손으로 해결해야 했다. 누구도 나를 다르게 살도록 바꿔줄 수 없었다.

결국 내 삶을 스스로 꾸려가야 하는 시점이 왔을 때, 사회에 던져지기에는 아직 미숙한 나를 앞가림할 수 있는 수

준으로 마저 키워내는 건 내 몫이다.

내가 닮고 싶은 주위 사람들에게는 공통점이 있다. 자기 자신을 끔찍하게 대접한다는 것이다. 자신을 가꾸고 발전시키는 것을 게을리하지 않고, 좋아하는 것이 뚜렷하다. 그건 나를 탐구하는 시간 없이는 만들어내기 힘든 태도다. 그런 태도는 타인의 애정으로 만들어지는 것이 아니다. 스스로 만들어가는 것이다.

비록 어린 시절 충분히 행복하지 않았더라도, 여태까지 이렇게 잘 살아왔다면 우리는 어른이 된 나를 스스로 양육할 수 있는 능력을 가진 사람들이다. 그러니 힘들었던 지난 날을 곱씹으며 스스로를 키울 기회를 놓치지 않았으면 한다.

내 삶을 바로잡는 투자법

막막한 기분으로 눈을 뜨는 날들이 있었다. 늘상 하던 일을 하고 만나던 사람을 만나고 여느 때와 다름 없는 날들을 보내고 일어났는데 문득 온몸이 붕 뜬 기분이 드는 것이다.

나라는 사람을 처음 만난 것처럼 어떻게 대해야 할지 몰라 불편함이 느껴지는 날, 내가 어떤 속도로 살아가야 마음이 편한지 어떻게 살아야 속이 편한지 뭘 좋아하는지 그런 것들을 까맣게 잊어버린 기분. 그러니까 한마디로 나를 잃은 것 같은 기분이 들 때가 있다.

좋은 것도 싫은 것도 느껴지지 않는 지경에 이르다 보니 별일 아닌 것처럼 넘기기가 어려웠다. 기껏 쌓아온 내 삶이 무너질 수도 있겠다는 생각이 들었다.

죽을 힘을 다해서라도 바로잡아야 했다. 나는 가장 먼저 내 돈과 시간이 어디에 쓰이는지를 살펴봤다. 돈과 시간이야말로 내가 집중하고 있는 것, 내가 매몰되어 있는 것이 무엇인지 투명하게 볼 수 있는 지표라고 생각했기 때문이었다.

몇 개월 동안의 카드값을 살펴보니 나를 위한 소비가 거의 없었다. 내가 좋아하는 무언가에 돈이나 시간을 쓴 흔적을 찾아볼 수 없었다. 마음에 드는 옷을 구입하지도, 취미 생활을 하지도 않고 집과 회사만 오간 게 보였다. 창작을 업으로 하는 사람에게 인풋이 충분하지 않았으니 고갈되고 지치는 게 당연했다.

삶에 지쳐 원동력을 잃었을 때 마음을 바로잡는 방법 중 하나는 나에게 투자하는 것이다. 사람은 몸과 마음이 약해졌을 때 잘못된 선택을 하기 쉽다. 실제로 주변을 둘러보면 자신에게 많이 투자하는 사람들은 비교적 나쁜 선택을 적게 한다. 일종의 투자 심리다.

여기서 말하는 투자는 단순히 비싼 것을 사거나 과소비를 하라는 이야기가 아니다. 무작정 뭐라도 소비를 하거나 늘어지게 쉬라는 말도 아니다. 진짜 투자는 나를 내가 좋아하는 환경에 두는 것, 내가 좋아하는 걸 마음껏 하게 해주는 것에서 시작한다. 내가 내 소비 패턴을 살펴보고 깨달았던 것처럼, 오롯이 나를 위해 돈과 시간을 투자해보라는 것이다. 주식투자를 할 때 해당 종목에 대해 공부하듯이 스스로에게 투자하려면 나를 알아야 한다. 나는 투자할 만한 가치가 있는 사람이다.

☐ 나는 어떤 환경에 있을 때 좀 더 나아지는가?

〔시간, 장소, 사람 등 구체적으로 환경을 떠올려보자.〕

☐ 어떤 행동을 했을 때 나는 좀 더 나아지는가?

투자의 방향이 정해지면 느리더라도, 작더라도 천천히 나에게 하나씩 투자해보자. 그러고 나서 다시 나아갈 목표를 세워보는 것이다. 목표, 성과, 성취라는 말이 고루하고 유치하게 느껴질 수 있다. 그러나 목적지 없는 여정에서는 길을 잃기 쉽다.

나 역시 돌이켜보면 무언가를 향해 달려가본 경험으로 나를 더 잘 알게 되었다. 내가 이런 걸 좋아하는구나, 이런 걸 잘 견디는구나, 이런 건 죽도록 싫어하는구나. 이런 것들은 직접 경험해봐야 알 수 있다. 가만히 앉아 있기만 해서는 절대 알 수 없다.

내 삶을 다시 궤도에 올리는 마지막 방법은 나를 대접해주는 것이다. 남에게 보이지 않는 곳에서 내가 나를 어떻게 대접하는지를 보면 현실이 보인다. 의식적으로 스스로를 마치 내가 사랑하는 사람 대하듯이, 내가 낳은 자식을 대하듯이 정성스레 돌보는 거다. 건강에 좋은 맛있는 음식을 먹이고, 나쁜 습관은 고쳐주고, 좋은 사람들과 만나게 해준다.

그렇게 나를 사랑으로 기르는 일은, 내가 나에게 해줄 수 있는 최선이 아닐까.

매력 있는 사람들의 공통점

특별할 게 없는데도 눈이 가고, 말이 없는데도 귀가 기울여지는 사람이 있다. 설명할 수 없는 내면의 힘이 뿜어져 나와 사람의 마음을 사로잡아 끄는 사람을 우리는 매력 있다고 말한다. 그에 반해 무슨 일이든 평균치는 해내고 특별해지려 갖은 노력을 해도 기억에 남지 않는 사람도 있다.

대체로 완벽한 것 같은데 어쩐지 향기가 없는 사람과 못난 구석이 있어도 자꾸 눈이 가는 사람. 당신은 어떤 사람이 되고 싶은가?

나는 평범한 사람에 가까웠지만 훌륭하기보다는 매력적인 사람이 되고 싶었다. 그런 매력이 어디에서 나오는 건지 너무도 궁금했다. 나를 사로잡는 힘을 가진 이들을 자세히 살펴보니 멋져 보이는 포인트는 저마다 달랐지만 공통점이 있었다. 그들은 '절대로' 남에게 부담이나 불쾌감을 주는 행동을 하지 않았다. 기본 예의라고 부를 수 있는 범주의 행동에 불과할지도 모르지만, 그들은 이 행동들을 규칙이라 부를 만큼 철저히 지키고 있었다.

☑ 초대받은 곳에 빈손으로 방문하지 않는다.

☑ 과장된 표정이나 말투, 제스처를 하지 않는다.

☑ 남을 지나치게 의식하거나 눈치 보지 않는다.

☑ 돈 관계는 깔끔하고 담백하게 처리한다.

☑ 비위생적인 행동을 하지 않는다.

☑ 시샘, 질투 등 부정적 감정을 지나치게 드러내지 않는다.

☑ 지나치게 자기 위주로 대화를 끌고 가지 않는다.

☑ 무조건 유행에 따르기보다는 소신 있게 자기 스타일을 지킨다.

매력은 결국 '자기 색깔'에 관한 문제다. 남과는 구분되는 나만의 특별한 것을 가질 때 비로소 반짝반짝 빛이 나기 마련이다. 또한 매력은 매우 상대적인 부분이라 매료되는 사람의 입장에 따라 내가 매력 있다고 느끼는 부분을 다른 사람은 그렇지 않다고 생각할 수도 있다. 그러나 위에 제시한 행동들을 잘 생각해보면 공통적으로 자신의 내면과 외면을 가다듬고, 적절한 선을 지키며 통제할 줄 아는 사람의 배려 깊은 행동이다. 결국 매력은 나를 잘 알고, 타인을 배려하는 것에서부터 시작된다.

나이가 들어 서서히 각자의 삶에 자리가 잡혀가면 우리 삶은 그전과는 많이 달라진다. 친했던 친구도 바쁘다는 이유로 자주 보지 못하게 되고 인맥 관리도 20대 때보다는 소극적이게 되며 직장에서의 이직이나 창업 등 새로운 도전을 하는 사람들이 주변에 훨씬 늘어난다. 그때 매력적인 사람은 그렇지 않은 사람보다 누군가에게 "한번 만나자"는 연락이나, "이번에 좋은 자리 났는데, 너 한번 써볼래?" "너 평소에 A분야에 관심 있지 않았어? 정보 공유할게."

와 같은 연락을 더 많이 받는다. 매력이 있는 사람은 단순히 보여지는 이미지 관리에만 성공한 것이 아니다. 앞으로 선택할 수 있는 삶의 폭을 스스로 한 뼘쯤 넓힌 것이다.

　당장 거울에 비친 겉모습을 바꾸거나, 나만 아는 못난 구석이 있는 마음을 새 마음으로 바꿀 수는 없다. 하지만 몇 가지 행동만 신경 써도, 나는 사람들에게 (좋은 의미에서) 눈길을 끄는 사람이 될 수 있다. 이런 행동들이 모여 습관이 되면 의도하지 않았더라도 나중에 내가 필요한 자리에 누군가 나를 부를 것이고, 그런 인연은 생각지 못한 좋은 기회로 나를 이끌 수도 있다. 그렇게 이끄는 주체가 내가 될 수 있다. 다시 말해, 내가 나를 더 좋은 곳으로 이끌 수 있다.

제2장

관계에서 착각하지 말아야 할 것들

보이는 대로만 받아들여

누군가 나에게 원하는 일을 잘할 수 있는 능력을 줄 테니 딱 한 가지만 말해보라고 한다면 나는 고민 없이 '관계 맺기'를 택할 것이다. 그만큼 좋은 관계에서 얻는 유대감은 나를 충만하게 한다. 이성이든 동성이든 친구든 가족이든 내가 좋아하는 사람이 나를 좋아하기를, 나에게 진심이기를 바라며 그동안 크고 작은 관계를 맺어왔다. 하지만 가끔은 내 마음만 앞서는 것 같아 섭섭할 때도 있었고, 내가 상대를 배려하는 만큼 상대가 나를 배려해주지 않는다는 사실에 내심 분노하기도 했다.

그때까지만 해도 나에게 있어 인간 관계란 좋은 관계와 나쁜 관계 단 두 가지로 나뉘어졌다. 그런 생각의 기저에는 '언제나 나는 옳다'는 유아적인 발상이 깔려 있었다. 그 발상은 흑백논리로 사람을 판단하도록 만들었다. 나를 좋아해주는 사람은 착한 편, 나를 좋아해주지 않는 사람은 나쁜 편이라고 치부하게 되었다.

또 나에게 좋은 관계가 아닐 바에야 아예 에너지를 쏟지 않는 쪽이 편하고 더 효율적이라고 생각했다. 적당히 좋은 관계, 적당히 느슨한 관계 같은 옵션은 없었다. 관계를 억지로 유지하거나 누군가를 싫어하면서 감정을 생산하고 소비하는 것은 여간 피곤한 일이 아니었다. 그래서 새로운 관계를 맺게 될 때면 늘 중간 없이 호감과 경계 태세를 오가다가, 좋은 사람이라는 판단이 서는 순간부터 브레이크 없이 애정을 표하고 기대를 걸었다. 그러다가 상대방에게서 적절한 호응이 오지 않으면 내 멋대로 실망하고 등져버리기를 반복했다.

이런 나를 두고 누군가는 사람을 좋아하는 열정이 넘친다고 했고, 누군가는 기분에 따라 관계를 맺었다 끊어버리는 제멋대로라고 했다. 아무래도 상관없었다. 그런 방식이 나를 지킨다고 믿었으니까. 서른이 넘어가면서, 내 믿음을 스스로 깨뜨리기 전까지는 말이다.

1. 관계 자체에 얽매이지 말 것

나만의 관계 맺기 패턴이 조금씩 달라진 건, 내가 하는 일의 규모가 점점 커지고 전과는 비교할 수 없을 만큼 바빠지면서부터였다. 좋은 관계든 나쁜 관계든 인간관계 자체에 쏟을 힘이 사라지면서 오히려 관계 맺기가 수월해지기 시작했다. 상대에게 전심을 쏟을 여유가 없어진 만큼 기대를 덜하게 되었고, 그러다 보니 서운한 것도 적어지고 실망할 일도 없어졌다.

"아, 그럼 이번엔 나 빼고 너희들끼리 만날래? 응, 괜찮아. 다음에 보자."

"아, 그 사람? 몇 년 전에 나랑 트러블이 있었지. 응, 맞

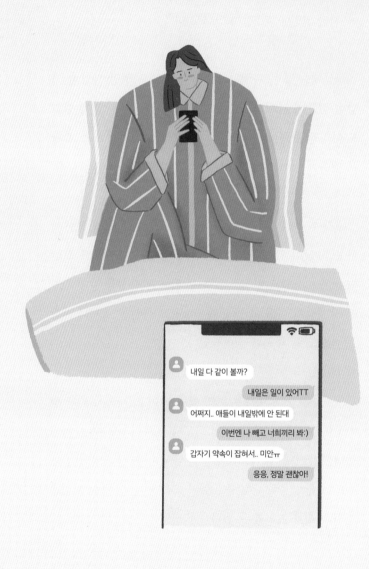

아. 지난 일인데, 뭐. 같이 만나도 돼."

세상에는 좋은 사람, 나쁜 사람 말고도 정말 다양한 사람이 있으며 관계의 모습 또한 좋은 관계, 나쁜 관계 말고도 다양한 유형이 있다는 걸 이해했다. 그러면서 스스로 관계 맺음에 있어 성장했다는 것을 체감했다.

내가 아무리 좋은 뜻으로 선의를 베풀어도 그걸 고까워하는 사람이 있는 반면, 쌀쌀맞게 대하는 걸 매력으로 받아들이는 사람도 언제든 있을 수 있다는 사실을 알게 되면서 상대방의 마음에 들게 행동하려고 눈치를 보거나 신경 쓰는 일도 눈에 띄게 줄어들었다.

의도라는 건 행동하는 나의 몫이 반이고, 나머지 반은 받아들이는 사람의 몫이다. 어떤 노력을 하더라도 나는 나의 몫까지밖에 할 수 없다는 걸 받아들이자. 상대의 반응에 예민하게 반응하지 않음으로써 오히려 내가 해주고 싶은 만큼 애정을 표현할 수 있다.

2. 나만 손해 본다는 피해의식을 버릴 것

다른 사람과의 관계가 어려웠던 또 다른 이유는 상대가 나를 이용한다는 피해의식 때문이었다. 나는 순수한 마음으로 상대를 대한다고 생각했는데, 상대방은 필요할 때만 나를 찾는 것 같다는 생각에 일방적인 배신감을 느낀 적도 많았다.

그런데 달리 생각해보니 누군가 나를 필요로 한다는 건 뿌듯한 일이었다. 내가 필요한 사람이 되고, 그로서 나의 가치를 인정받는다고 생각하니 모든 게 편해졌다. 바쁜 와중에 나를 단순히 '보고 싶어서' 찾는 사람이 몇이나 될까? 그런 건 오히려 인간관계에 대한 환상이다. 내가 도울 수 있는 능력이 되거나 혹은 내가 기꺼이 도와줄 거라고 기대하는 상대의 마음을 굳이 부정적으로 바라볼 필요가 있을까? 그 요구가 무리하다면 내 쪽에서 거절하면 된다. 도와달라고 하면 '도와달라'는 말만 곧이곧대로 들으면 되지, '나를 이용하려고 하나? 왜 이럴 때만 연락하지? 안 들어주면 나를 험담하고 다니려나?' 등등 그 의도를 넘겨짚고 확대해석할 필요가 없다는 뜻이다.

3. 상대의 말과 행동을 곱씹지 말 것

마찬가지로 상대의 말이나 행동을 곱씹는 행동을 멈춰야 한다. 상대방이 별 뜻 없이 한 말에 끙끙대며 앓지 않으려면 그냥 그 말을 듣고 끝내면 된다. 관계에 있어서 확대해석은 독이다. 한 사람에게 여러 번 불쾌함이나 불편함, 싸한 분위기를 느낀다면 그 관계는 굳이 이어갈 필요가 없겠지만 그런 경우가 아니고서야 내 멋대로 숨은 뜻이 있을 거라고 믿는 것은 대부분 도움이 되지 않는다.

누군가 나에게 축하한다는 말을 건네면서 표정이 어두웠다고 하더라도, 그게 배가 아파서 어두운 건지 그날 몸의 컨디션이 안 좋았던 건지 집에 안 좋은 일이 있었던 건지 상상하며 곱씹지 않는 거다. 그냥 '축하한다는 말을 건네줬구나'라고 사실만을 받아들이면 간단명료해진다. 대부분의 오해는 상대의 의도를 자기 식대로, 자기의 느낌이나 기분에 맞춰 넘겨짚는 것에서 비롯된다.

인연을 맺고 관계를 이어나가는 것은 나의 세계에 누군가를 초대하는 일이다. 신중한 것도 좋지만 마음의 문을 굳게 닫고 있으면 다른 사람의 세계를 알아갈 좋은 기회를 놓칠 수도 있고, 문을 너무 활짝 열어놓으면 깊숙한 곳까지는 굳이 보고 싶지 않았던 사람에게 부담이 될 수도 있다. 어느 비유처럼 인간은 고슴도치 같아서 온기를 느낄 수 있으면서도 가시에 찔리지 않을 정도의 거리가 필요한 법이니까.

　그러니 잊지 말자. 인간관계는 다른 일과 달리, 열심히 한다고 해서 좋은 결과가 나오는 게 아니라는 사실을. 한번 포기한다고 아예 놓아지는 것도 아니다. 사람 사이의 적당한 선을 지키지 않으면 의도치 않게 상처를 줄 수도 있다. 인간관계를 위해 너무 열심히 노력하지도, 보이지 않는 것을 보려 애쓰지도 말자. 내가 편하고, 내가 자유로워야 내가 만들어가는 관계도 그런 모양새가 된다.

보이는 대로만 받아들여

누군가 나에게 관심을 보인다면?

☺ 내게 관심이 있다는 사실을 있는 그대로 받아들이자.

☺ 만날 때마다 꺼림직하다면 잠깐 거리를 두자.

☺ 하지만 세상에는 음흉한 속내가 없는 사람도 많다.

☺ 인간관계에 대한 좋은 관점을 심어주는 책이나 영상

을 잠깐이라도 시간 내어 감상해보자.

(with)

📖 《나는 왜 네 말이 힘들까》 (박재연, 한빛라이프)

📖 《좋은 사람에게만 좋은 사람이면 돼》 (김재식, 위즈덤하우스)

▶ 유튜브 〈말많은소녀〉 채널 '인간관계' 영상

▶ 유튜브 〈MKTV 김미경TV〉 채널 '인간관계 대화법' 영상

사람을 잃고 싶지 않다면

우리는 살아오면서 수많은 관계를 끝내거나 이어오고, 또 시작한다. 그중에는 나와 상대 모두를 행복하게 만드는 관계도 있지만 맘에 들지 않아도 꾹 참고 이어온 관계도 있고, 서서히 멀어지기를 바랐는데 정말 그렇게 된 관계도 있다. 나 역시 인연의 맺고 끊어짐을 경험했고 누군가를 손절하기도, 누군가 나를 손절한 적도 있었다. '손절'이라고 이름 붙이지 않았지만 어쩌다 보니 두 사람 사이에 서서히 연락이 끊기고 가끔 한쪽에서 안부를 물어도 답이 오지 않으면, 그 관계는 수명을 다했다고 봐도 무방했다.

그러나 사람은 사람 없이 살 수 없다. 그래서 우리는 태어날 때부터 죽는 순간까지 벗어날 수 없는 인간관계의 굴레 속으로 발을 들인다. 그 굴레 속에서 타인과 관계 맺지 않고는 '잘' 살아갈 수가 없다는 것을 배운다. 가족, 연인, 친구, 지인. 각각의 단어로 불리지만 그 관계들은 서로 다른 색깔의 '사랑'이라는 큰 카테고리로 묶인다. 그렇게 모든 관계는 사랑에 뿌리를 내리고 무럭무럭 자란다. 결국 우리는 사랑 속에서 유영하며 살아간다. 문제는 그 '사랑'의 성질을 제대로 알고 있는 사람이 없다는 것이다. 그래서 모든 관계가 아리송해진다.

나는 연애에만 판타지가 존재하는 줄 알았다. 그런데 가만 보니 우리는 친구들과의 우정에 있어 더한 상상력을 발휘한다. 미디어에서 보여주는 아름다운 우정의 모습은 실로 감동적이다. 친구를 위해 목숨을 바치기도 하고, 이익을 포기하기도 하고, 때로는 사랑(연애 대상)마저 양보한다. 그래서 모두가 가슴 한편엔 깊은 우정 혹은 진정한 베스트 프렌드를 찾고 싶은 마음을 품게 된다. 그리고 왜 나에게는 그런 존재가 없는 것인지 고민하기 시작한다. 미디어는 미디어일 뿐이고, 사람들의 이목을 집중시킬 만한 특별한 이야기를 의도적으로 흘린다는 것을 알고 있는데도 우리는 또 홀리고 만다. 특별하다는 건 결국 우리 주위에서는 찾아보기 힘든 케이스라는 뜻이니, 드라마에 나오는 모습의 친구가 없다고 해서 우리가 외롭고 불쌍한 건 아니다.

내가 원하는 특정한 관계의 친구가 있고 없고를 떠나서, 사람은 누구나 외롭다. 외로움은 친구가 있다고 해서 해소가 되고 친구가 없다고 해서 자라나는 감정이 아니다. 외로움은 마치 배고픔과 목마름 같은 인간의 본능이다. 그렇기에 외로움을 특별하게 취급할 것도 없고, 마치 불을 끄듯 급하게 게워낼 필요도 없다. 나 역시 종종 외로움을 느끼고, 좋은 관계 속에서 사랑을 많이 주고받는 것에 행복을 느낀다. 하지만 외로움이라는 감정을 해소하기 위해 관계를 활용하지는 않는다.

나는 시간을 들여 유대를 쌓고, 각자의 자리에서 서로에게 좋은 영향을 주고받는 관계를 지향한다. 그래서 좋아하는 사람들에게 되도록 좋은 영향만 주고 건강한 관계를 유지하기 위해 적어도 내가 선호하지 않는 모습으로 그들을 대하지 않으려 노력한다. 내가 하는 노력 몇 가지를 소개한다. 이는 내가 손절하고 싶은 사람들에게서 나타났던 공통적인 특징이기도 하다.

1. 똑같은 문제로 징징거리지 않는다

만날 때마다 매번, 같은 문제를 화두에 올리는 것은 듣는 사람도 말하는 사람도 힘든 일이다. 그보다 더 힘든 것은 징징거리는 친구의 고민을 해결해줄 수 없다는 사실이다. 해결이 불가한 문제를 반복해서 듣다 보면 "이렇다 할 도움도 주지 못하는데 내가 그 애의 친구라고 말할 자격이 있을까" 하는 무력감마저 느낄 수 있다. 그런 속상함을 친구들에게 안겨주기 싫어서라도, 절대 이 행동은 하지 않으려 한다.

2. 친구와의 관계를 최우선으로 두고 내 생활은 뒷전으로

미루지 않는다

이 규칙은 모든 관계에 적용할 수 있다. 연인, 친구, 가족 간에도 말이다. 내가 나로서 꼿꼿하게 서 있지 못한다면 누군가와 함께 서 있는 건 더욱더 어렵다. 자기 자신에 대한 확신과 정체성이 없는 사람의 마음은 오로지 타인으로 가득 차 있다. 상대에게 모든 관심을 쏟고 상대를 중심으로 세상을 이해한다. 모든 면에서 나를 먼저 위해주는 사람을 만나면 고마움을 느껴 금방 가까워지기도 하지만 딱 거기까지다. 무엇이든 무르익으려면 적절한 시간이 필요하듯 관계도 그렇다. 시간이 주는 관계의 깊이는 억지로 만들어낼 수는 없다.

이런 관계의 가장 큰 문제는 상대도 나에게 그만큼 해주기를 바라는 기대감이다. 상대가 기대하는 만큼을 절대 채워줄 수 없는 사람에게는 이 관계가 버거워지기 시작한다. 부담과 버거움은 관계의 결실로 보기에 좋은 산물은 아니라고 생각하기 때문에 이런 관계는 지양한다. 어떤 노래에 이런 가사가 있다. "내가 줄 수 있는 것 그 이상을 줄 수 없음에 미안해해야 하는 건 이제 그만둘래요."

3. 한결같다는 게 반드시 좋은 것만은 아니다

한결같다는 건 칭찬일 수도 아닐 수도 있다. 우리가 처한
상황이 달라져도 늘 같은 마음으로 나를 대해주는 친구라
면 나에게 있어 너무 감사한 존재겠지만, 늘 한결같은 상황
에 처해 있는 친구라면 이야기가 달라진다. 몸만 자라고 그
자리에 계속 맴돌고 있는 사람, 더군다나 스스로 만족하
지 않으면서 안주하는 사람이라면 더더욱. 상대와 내 성장
속도가 다르면 고민의 양상이 달라지고, 자연스럽게 서로
와의 대화에 즐거움이 사라진다. 대부분 자기 이야기를 잘
들어주는 사람과 대화하고 싶어 하니 관계 유지도 슬슬 힘
들어진다. 그래서 나는 늘 성장하려고 노력하거나 새로운
것을 찾아다니며 친구에게 작은 영감이라도 줄 수 있는 사
람이 되려고 노력한다.

4. 부정적인 이야기로 상대의 사기를 떨어뜨리지 않는다

무슨 말을 해도 꼭 부정적으로 토를 다는 이들이 있다.

내 이야기가 미처 끝나기도 전에, 걱정을 빙자한 평가를 쏟아낸다. 잘되도록 격려하고 응원이나 조언을 해주기는커녕, 대화의 기저에 부정적인 태도가 깔려 있는 사람은 늘 상대의 이야기를 평가하고 자신의 이야기를 하기 위한 발판으로 삼는다. 처음에 이야기를 꺼낸 사람은 더 이상 대화를 이어갈 의지가 사라지고 고민을 타개해보려는 사기가 떨어진다. 같은 상황을 몇 번 겪고 나서야, 이 대화가 나를 위한 대화가 아니었음을 눈치챈다. 꾸준한 부정적 피드백이야말로 은근한 우월감에서 나오는 태도 아닐까? 혹시나 내가 무의식중에 그런 행동을 하지는 않는지 가장 경계하는 모습이다.

5. 억지로 친구가 되려고 하지 않는다

나는 자연스러운 것을 좋아한다. 특히나 인간관계에 있어서 부자연스럽게 맺은 관계는 혹시나 불편한 목적이 기저에 깔려 있는 건 아닌지 싶어 마음을 열기가 어려워진다. 그리고 그런 사람을 만날 때면 나도 모르게 긴장한다. 물론 건강한 관계를 유지하기 위해 서로 노력하는 것은 필요하나, 다른 뜻이 없는데 목표를 정해 관계를 맺으려 노력하는 것이 과연 옳은 노력일까? 그래본 적도 없지만, 혹여나 상대가 그런 불편함을 느낄까 조심하는 편이다.

6. 가까워져도 예의를 지킨다

사람들은 어려운 사람에게 더 깍듯하다. 그러다 상대와 가까워졌다는 생각이 드는 순간부터 예의를 '꼭' 지켜야 하는 것이 아니라 '지켜도 되는' 개념으로 생각하곤 한다. 그러다 보니 늘 가까운 사람에게 더 큰 상처를 받는다. 자기도 모르는 사이에 이기적으로 굴어 상처를 준다든가 무리한 부탁을 해서 도움받고 감사를 잊는다든가 하는 것은 아마도 상대를 '당연히' 여기는 마음가짐 때문 아닐까. 그렇기에 가까운 사람일수록 더더욱 예의를 잊지 않기 위해 노력하는 편이다.

사람의 모습이 다양하듯 관계의 모습도 다양하다. 그래서 연인 관계와 마찬가지로 누군가에게 단점으로 느껴질 수 있는 부분이 나에겐 단점이 아니기도 했고, 나에게 치명적인 단점으로 느껴지는 포인트가 다른 누군가에게는 장점이 될 수도 있었다. 이 사실을 친구 관계에 적용하면 나에게 나쁜 친구가 어떤 사람에겐 좋은 친구일 수도 있다는 것이다. 짚신도 제짝이 있듯 친구 사이도 다르지 않다.

아무리 말이 잘 통하고 마음을 나눈 친구라도 관계 유지가 쉽지 않은 경우가 있다. 현실이라는 벽이 관계 몰입도에 영향을 끼치기도 한다. 좋은 사람이어도 상황적으로 맞지 않는다거나 물리적으로 멀어져서 혹은 서로의 이해관계가 대치되어서 관계를 이어나가지 못하는 경우도 있다. 이처럼 '언제, 어디서, 누구와'라는 삼박자가 제대로 맞아떨어지지 않으면 좋은 관계를 얻기 힘들다. 사랑과 마찬가지로 우정이라는 감정은 마치 살아 움직이는 생물 같다. 오늘은 이런 모양일 수도 있고 내일은 다른 모양일 수도 있다. 그리고 날씨처럼 흐렸다 개었다 한다.

어렸을 때는 우정이 영원히 지속되기를 바라는 마음에

내 입장에서만 생각하고 행동했다. 돌이켜보면 친구가 괴로웠던 순간도 많았을 것이다. 나는 끊임없이 나에게 우정을 확인시켜주길 바랐다. 감동이 없으면 관계가 끝난 것이라고 생각했다. 하지만 지금에 와서야 인간관계야말로 가장 순리대로 흘러간다는 사실을 깨달았다. 상황의 영향을 많이 받기도 하고 내가 직접 통제할 수도 없는 것. 그래서 원하는 그림을 정하고 기대를 품으면 품을수록 우리는 환상일 뿐인 우정의 개념에 매몰되어 버리기 쉬워진다.

요즘은 확실히 시대가 변하니 외로움을 해소하는 방법도 변했다. 학교나 회사, 동네에서만 만날 수 있던 사람들이 공간이라는 물리적 제약을 벗어나 관심사 위주로 모이게 되었다. 그래서 친구의 개념도 범위도 발전시킬 필요가 있다고 느꼈다. 인생 밑바닥까지 털어놓을 수 있는 환상 속의 친구를 찾기보다는 관심사 위주로 찾아 즐거운 시간을 함께 보낼 수 있는 것이 친구라면, 우리 주변에 널린 게 친구 아닐까?

인생 레벨업

소중한 친구를 놓치고 싶지 않다면

☺ 똑같은 문제로 징징거리지 않는다.

☺ 친구와의 관계를 최우선으로 두고 내 생활은 뒷전으로 미루지 않는다.

☺ 한결같다는 게 반드시 좋은 것만은 아니다.

☺ 부정적인 이야기로 상대의 사기를 떨어뜨리지 않는다.

☺ 억지로 친구가 되려고 하지 않는다.

☺ 가까워져도 예의를 지킨다.

with

▷ 유튜브 〈양브로의 정신세계〉 채널 '당신이 진짜 친구가 없는 이유' 영상

📖 그림책 《잊었던 용기》 (휘리, 창비)

📖 동화책 《긴긴밤》 (루리, 문학동네)

손절의 기술

주식 용어인 '손절'(손절매, 손해를 잘라버리는 매도)이 인간관계에 널리 쓰인지도 오래다. 사람들의 심신이 얼마나 지쳐 있으면 관계에 손해를 따지고 추가로 발생할 손해에 대비에 관계를 끊기까지 할까. 인간관계에서도 득실을 따지는 정 없는 문화인 것 같아 씁쓸하면서도 한편으로는 자신에게 해가 되는 관계를 과감하게 잘라버리는 행동이 멋져 보이기도 한다.

나도 한때는 나에게 무례하거나 나와 어딘가 잘 맞지 않는 사람들을 가래떡 썰듯 뚝뚝 잘라내곤 했다. 연락처를 지워버리고 SNS 차단까지 해버리고 나면 그 사람과 나를 연결하는 실을 깔끔하게 끊어낸 것 같아 후련했다. 그런데 언제부턴가 조금만 불편한 사람이 나타나도 손절각을 재는 내 모습이 참 싫었다. 누군가를 싫어하는 것 자체가 그 사람을 의식하고, 그 사람에게 영향받고 있다는 방증 같아 자존심이 상하기도 했다. 또 사람 일이 어떻게 될지 모른다고 불편한 사람이 생기면 내 행동 반경이 좁아질 수밖에 없었다. 이 사람 피하고 저 사람 피하다 보니 가장 피곤한 건 나 자신이었다.

그래서 지금은 관계의 실을 뚝 끊어버리는 대신 뜨거워진 마음을 잠시 식히는 쪽을 선택한다. 내 마음에 화르륵 일어난 불씨에 모래를 덮어버리듯 그 관계를 살짝 덮어버리는 것이다. 손절하는 것보다 덜 후련하고 더 성가실 수 있지만, 시간이 흘러 "그때 손절하지 않길 잘했네" 하는 순간이 왔다. 당시에는 좀처럼 이해할 수 없었던 상대의 행동이 나중에 이해되기도 하고, 내가 왜 고작 그런 일에 그렇게 화가 났을까 싶기도 했다.

하지만 절대로 오해하면 안 되는 사실이 있다. '반드시 멀어져야 하는 관계'는 있다. 한두 번 내 감정을 상하게 하는 문제가 아니고, 단순히 성향 차이로 나와는 좀 맞지 않는다는 생각이 드는 것이 아니라 실제로 나에게 물리적·정신적 해를 끼치는 관계가 있다면, 분명히 끝을 고하자. 더 이상 얽히면 안 되는 관계는 확실히 정리하는 쪽이 좋다고 생각한다. 다만 그 대상과 범위가 너무 넓어지면 곤란하다. 관계를 끊어내는 데 익숙해지면 어떤 것이 가벼운 감정 문제인지, 내가 어떤 포인트에서 상처를 받는지 구분하기가 힘들어진다. 내 몸에 생긴 작은 상처들을 아물도록 놔두지 않고 계속 뜯어내다 보면 영원히 새 살이 돋지 않을 수도 있다.

예전에 일하던 회사의 대표님은 떠난 직원이라면 누구든 다시 돌아올 수 있게 문을 열어두셨고 자신에게 손해를 끼친 사람도 반드시 좋게 타일러 곁에 두시곤 했다. 당시 나로서는 정말로 이해하기 어려웠다. 하지만 10년을 넘게 지켜보니, 대표님에게 무언가 실수한 사람들은 그걸 용서하는 아량에 감동해 결국 그분의 편이 되는 경우가 많았다. 거래처 입장에서는 대표님 주변 사람들이 잘 바뀌지 않으니 신뢰할 수 있는 사람이라는 이미지가 생겼다. 나 같았으면 백 번도 넘게 손절했을 상황인데 그걸 용서하는 속이 얼마나 시끄러웠을까 싶으면서도 일을 장기적으로 보는 전략가의 큰 그릇을 가진 분이라는 생각이 들었다.

손절은 자신의 손익만을 따지는 이성적인 행동처럼 보이지만 실은 굉장히 감정적이고 충동적인 결정인 경우가 많다. 함께 쌓아 올린 관계를 나 혼자의 결정으로 무너뜨리는 것 또한 어떤 면에서 보면 예의가 아닐 수 있다. 불편한 관계를 정리하는 데에 마음을 쓰기보다는 좋은 관계를 유지하는 데 집중하면서 좀 더 긴 호흡으로 인간관계를 보는 기술이 필요하지 않을까.

무례한 사람에 대처하는 방법

우리는 언제 어떤 이유에서든 예상치 않게 무례한 사람의 타겟이 될 수 있다. 이해할 수 없는 이유로 타겟이 되었을 때면 나는 늘 같은 방식으로 대처했다. 눈에는 눈, 이에는 이 전략으로 당한 만큼 통쾌하게 갚아주는 것만이 정답이라고 생각했다.

소리치는 사람에겐 고함을 질러주고, 나쁜 말을 하는 사람에겐 욕을 해주고, 내 뒷담화를 하는 사람에겐 나도 같이 뒷담화를 했다. 하지만 이렇게 해서 나에게 남는 게 무엇이냐는 자문에 아무런 답도 할 수가 없었다. 먼저 했냐

나중에 했냐의 차이지 나도 똑같이 무례한 사람이 된 셈이었다. 게다가 열 받아서 씩씩거리는 나를 보며 오히려 즐거워하는 사람도 있었고, 내가 대꾸해주는 것 자체가 재밌어서 계속 무례하게 구는 사람도 종종 있었기 때문에 이런 식의 대처는 더 이상 하지 않기로 마음먹었다.

그렇다면 무례한 사람을 만났을 때 가장 좋은 대처법은 무엇일까. 일단 절대 웃지 말아야 한다. 장난인 것 같은데도 묘하게 불쾌한 말을 들었을 때, 내 기분보다 현장의 분위기를 우선에 두면 안 된다. 나만 참고 넘어가면 모두가 편할 것이라는 생각에서 나온 배려였을지라도, 그런 상태로 돌아오면 며칠이고 그 말이 머릿속에서 지워지지 않고 나를 괴롭힌다.

상황을 다시 정리해보자. 무례한 말을 뱉은 건 상대방이고, 나는 거기에 대고 같이 욕하지 않았다. 그것만 해도 잘 참았다. 여기서 더 나아가 상대가 무안하지 않도록 배려할 필요까지는 없다. 무례한 말을 들었을 때 화를 내지는 않더라도 '너의 말이 불편하다, 그러니 다시는 하지 말아라'라는 메시지는 꼭 전하는 게 좋다. 내 경우에도 실제로 그렇게 했을 때, 불쾌한 일이 두 번 반복되는 빈도가 줄었다.

상대방: (장난 식의 무례한 말)

나: "아, 너는 그렇게 말하네? 되게 신기하다."

상대방: "에이. 이 정도는 장난인데, 왜 정색하고 그래?"

나: "알아, 장난인 거. 근데 다른 데서 그러면, 너 욕 먹을 것 같아."

몇 년을 만나면서 나에게 무례한 말을 서슴없이 내뱉던 친구에게 실제로 이렇게 대처했다. 그러고 나서 그 친구는 나더러 자기 농담도 못 받아들이고 정색을 했다면서 주변에 내 뒷담화를 하고 다녔다. 하지만 나는 이전처럼 기분이 상하지 않았다. 내가 나를 지켰으니까, 나를 위해 옳은 일을 했으니까.

예민한 질문을 하거나 선 넘는 지적을 하는 사람들을 만나면, 더 이상 그들의 페이스에 끌려가지 않기로 했다.

대답하기 싫은 걸 물어오면 "요즘에 그런 거 물어봐도 돼요?" 하고 답하는 식으로, 질문하는 사람이 스스로의 말을 다시 한번 생각해볼 수 있게끔 만들면서 내 불편함을 표현한다.

갑작스러운 외모 지적이나 나를 깎아내리는 말을 들었을 때는 얼른 화제를 상대에게 돌려버린다.

상대방: "뭐야, 신부 화장이야? 화장 왜 이렇게 진해?"
나: "난 예쁘다고 생각하는데, 문제 있어?"

내가 요청하지 않은 상대의 평가를 애당초 받아들여주지 않는 것이다.

프리다 칼로를 연기했던 헐리우드 여배우 셀마 헤이엑은 이렇게 말했다. "당신이 상처받지 않는다면 그들에겐 아무런 힘이 없는 겁니다. (중략) 제가 당신을 모욕하는데 다른 언어로 욕을 한다면 당신은 아무런 감정도 느끼지 못할

거예요. 당신에게 아무런 의미도 없는 겁니다. 왜냐하면 그런 말에 의미를 부여하는 건 바로 '당신'이기 때문이에요."

모든 사람들의 말에 속상해하는 건 모든 사람에게 나를 휘두를 권리를 주는 것이나 마찬가지라는 말이 있다. 무례한 사람은 가까이하지 않는 게 상책이지만, 피할 수 없고 반박하기 힘들다면 그냥 흘려듣자. 내가 알아들을 수 없는 이상한 외국어로 말을 한다고 생각해버리는 거다. 일일이 기분 나빠해주고 상대해주는 것 자체가 그 사람에게 반응해주는 성의를 보이는 것일 수도 있다. 무표정으로 내 기분을 전달하거나 귀찮다는 듯이 대강 대꾸해버리거나 못 들은 체 무시해버리면 웬만한 사람들은 머쓱해서 자기 말을 되돌아보게 된다.

나는 사람들의 선의를 믿는다. 일부러 상대를 불쾌하게 만들기 위해 말실수를 하거나, 악의를 갖고 괴롭히려고 무례하게 구는 사람은 별로 없을 것이다. 상대를 향한 관심이나 감정을 잘못된 방법으로 표현해 선 넘는 말을 하게 되는 경우가 많다. 하지만 불쾌함을 무조건 참기만 하는 건 상대가 계속해서 잘못된 의사 표현을 하는 걸 방관하게 되는 행동일 수 있다. 일일이 상대하지 말되, 분명히 말해야 할 땐 말해서 스스로를 지킬 것. 그것이 나의 무례함 대처법이다.

무례함에 우아하게 대처하는 법

✏ 무시할 수 있는 상황이라면 무시하자.

✏ 관계가 중요한 사이라면 때로는 흘려듣자.

✏ 적어도 무례한 말에 웃음으로 대처하지는 말자.

✏ 내가 지적하면 대부분의 사람은 수치심을 느낀다.

✏ '너 그런 사람이었어?' 무례함을 직접 알려준다.

✏ '네가 나에게 그런 말을 할 자격이 돼? 네가 나야? 너

뭐라도 돼?' 심한 무례함에는 더욱 단호하게 대처한다.

📖 《논쟁에서 이기는 38가지 방법》(쇼펜하우어, 고려대학교출판부)

📖 《무례한 사람에게 웃으며 대처하는 방법》(정문정, 가나출판사)

▶ 유튜브 〈말많은소녀〉 채널 '무례한 사람을 대처하는 법' 영상

▶ 유튜브 〈세바시 강연〉 채널 '유꽃비 님 강연' 영상

행복을 위탁하지 마

머릿속에 멋진 삶을 사는 사람을 떠올려보자. 왠지 인싸여야 할 것 같고, 종종 사람들의 과도한 관심도 즐길 줄 아는 사람이 떠오르는가. 나는 그런 일들을 생각하는 것만으로도 피곤하다. 사람들을 만날 때면 나도 모르게 신경 쓰는 부분이 많고 내가 상대의 눈에 거슬리게 행동할까 봐과하게 의식하게 되는, 외부 자극에 대한 예민도가 높은 성격이 이유일 것이다.

많은 스트레스 요인 중에서도 마음을 집요하게 괴롭히는 것이 바로 사람에게 받는 스트레스다. 나이가 들고 사람들에게 받는 상처가 마음속에 쌓일수록 누군가에게 마음을 열고 친해지는 데에 좀 더 많은 시간과 정성이 필요해진다. 한번 상처받은 마음이 아무는 게 얼마나 힘든 일인지 알기에, 좀 더 내 입맛에 맞는 관계를 찾게 되고 좋은 관계가 아닐 바에는 외롭더라도 홀로 있기를 선택하게 된다.

나이가 들면 나만을 위한 취미나 스트레스 해소법이 반드시 필요하다는 것도 그 때문이다. 혼자 있는 시간을 충분히 즐길 줄 아느냐 모르느냐의 문제가, 삶의 질을 결정하는 요소가 된다.

나 역시 혼자 보내는 시간을 반드시 갖는다. 책도 읽고, 침대에 드러누워 드라마도 본다. 집에만 콕 박혀서 맛있는 것들을 잔뜩 시켜 먹기도 한다. 걸음이 빠른 나는 누군가를 신경 쓰며 속도를 맞추는 대신 혼자 자유롭게 산책하며 시원한 공기를 한껏 들이마신다. 그러다 우연히 들른 카페에서 수다 없이 커피와 디저트를 몰입해서 즐기기도 하고, 혼자 사진을 찍기도 한다.

좋은 일을 나눌 때도 즐겁지만 남의 눈치를 보지 않고 남을 배려하느라 소비할 에너지를 오롯이 나 자신에게 쏟아붓는 행복도 그에 못지않다. 혼자만의 시간을 즐길 줄 아는 사람은 누군가에게 행복을 위탁하지 않는다.

일면식도 없는 사람들의 일상 브이로그를 보면서 요즘은 각자만의 행복을 찾으려는 사람이 많다고 생각했다. 어쩌면 그들은 자신이 언제 행복한지를 이미 알고 있는 것 같기도 하다. 친구들과 어울리는 장면보다는, 역시 혼자서 자기답게 시간을 보내는 장면들이 나의 시선을 끈다. 취향껏 꾸민 집에서 1인분의 요리를 해먹고, 자기만의 방식으로 정성스레 일상을 꾸려가는 사람들. 사람은 혼자 있을 때 진짜 자기의 모습이 나온다. 혼자의 내공이 높은 사람이야말로 자신을 사랑하는 방법을 알고 있는 게 아닐까.

스스로의 삶을 대접할 줄 아는 사람이라면 어떤 관계에서든 홀대받을 리가 없다. 나쁜 상황이 찾아오면 금세 빠져나가 자신만의 행복한 공간으로 가버릴 수 있을 테니.

우리에게 주어진 시간과 에너지는 한정돼 있다. 그 한정된 시간과 에너지를 어떻게 사용하는지에 따라 한 사람의 인생이 달라진다. 나에게 집중하는 시간보다 남에게 집중하는 시간이 많아지면 잉여 시간과 잉여 에너지가 없어지게 되고, 꼭 해야 하는 일 외에는 무언가를 도모할 여력이 없어진다. 결국 내 삶이 정체된다는 느낌을 받게 되어 스트레스가 쌓인다. 그래서 나는 성장이 필요한 시기나 무언가에 집중해야 할 때면 홀로 있기를 택한다.

혼자 있는 시간은 '다음'을 위한 소화의 시간이기도 하다. 음식을 먹으면 소화할 시간이 필요하듯 나에게는 인간관계 역시 소화할 시간이 필요하다. 잘 씹고 음미해야 소화도 잘되고 그다음 식사도 맛있게 할 수 있는 것처럼. 관계 폭식에서 벗어나 일종의 관계 간헐적 단식을 한다. 처음에는 어렵지만 하다 보면 '다음에 만나자'라는 말을 건네기가 쉬워진다. 당장 관계를 끊으라는 것이 아니다. 내 마음이 수용할 수 있는 만큼 최소한의 사람만 만나보자.

그러면 자연스럽게 나 자신에게 관심이 쏠린다. 혼자 있는 시간에 대단한 일을 해내라는 것은 아니다. 나 역시 그러지 못하고 있다. 하지만 너무 많은 에너지와 시간을 인간관계를 만드는 데 쏟느라 정작 자기 자신과 친구할 틈이 없었다면, 내가 행복을 바깥에서만 찾고 있었다는 생각이 든다면, 내가 가진 모든 관계에서 한걸음 떨어져 바라보자.

가까이 있는 것들은 서로 물드는 법. 내 주변에 좋은 것만 두고 나와 가까이 하는 시간을 가져보자. 타인과 내가 서로의 삶에 너무 깊게 개입하다 보면 정작 자기 색깔을 잃을 수밖에 없다. 특정 관계에 갇히고 거기에 과몰입하는 건 그 세계에 갇히는 것과 같다. 히키코모리나 집돌이 집순이를 지향하라는 말이 아니다. 바깥에서 지친 나에게 숨구멍을 내주고 나만을 위한 시간에도 기분 좋아지는 일이나 작게 행복해지는 것들과 함께하며 넉넉히 여유를 주라는 말이다.

늘 바쁘고 많은 사람에게 둘러싸여 있는 것처럼 보이는

이들도 매분 매초 행복하진 않을 것이다. 어쩌면 행복은 내가 웃는 모습을 얼마나 많은 사람들이 지켜보고 있느냐와는 크게 상관없는 일일지도 모른다. 더 이상 행복을 다른 사람에게서 찾는 것이 아니라는 것을 깨닫는다면, 우리는 저마다 자기만의 방식으로 행복해지는 방법을 발견할 수 있지 않을까.

음흉한 말은 구분하자

나는 꽤 수다스러운 사람이다. 그리고 나는 많은 이들이 말수가 많은 사람을 재밌어하기도, 또 매우 피곤해하기도 한다는 것을 잘 알고 있다.

한 가지 변명을 하자면 나도 말을 많이 하는 게 늘 좋지만은 않다. 누구 하나 나서지 않는 자리에서 나의 성대를 희생해서 분위기 메이커의 역할을 자처하는 것은 쉬운 일이 아니다. 누구도 원하지 않았지만 내가 대화를 주도해나갈 때, 상대방의 대화 스타일을 파악해가면서 대화를 이끄는 건 상당히 고된 일이다.

듣는 것이 말하는 것보다 중요하다는 것을 너무나 잘 알고 있지만, 잠시라도 정적이 흐르면 불안한 마음에 무슨 말이든 일단 뱉고 보는 게 습관이 되었다. 어렸을 때부터 그런 식으로 대화를 주도하다 보니, 내 딴에는 좋은 의도로 침묵을 깨고 대화를 이끌기 위해 던졌던 실없는 말들이 나의 약점이 되어 돌아온 경험이 종종 있었다. 아마 나처럼 실없는 말을 던졌다가 나중에 곤란한 대화를 이어가야 했던 경험이 한 번쯤은 있을 것이다.

말을 많이 할수록 실수의 빈도는 늘기 마련이다. 말을 할수록 나에 대한 정보를 계속해서 노출하는 셈이고, 그건 누군가에게 평가의 기준이 될 수 있다. 반대로 말을 하지 않으면 평가의 근거가 적어지기에 우리는 그 사람에 대한 평가를 유보할 수밖에 없다.

말을 많이 한 어느 날, 기가 빨리고 다른 사람이 나를 어떻게 생각할지 신경 쓰여 찝찝한 기분이 든다면 그건 용량 초과의 신호다. 직감적으로 나에게 할당된 말의 양보다 더

많은 말을 내뱉고 왔다는 걸 알기에 그런 감정이 드는 것이다. 수많은 말 중 '이 말은 하지 말걸' 하는 게 있었을 것이고 자신이 한 말에 책임을 져야 하는 것을 알기 때문에 뱉은 말이 결국 짐이 되어 돌아오는 게 아닐까.

내 평판과 타인과의 관계를 위해서만 말을 신중하게 해야 하는 것은 아니다. 말을 조심해야 하는 가장 큰 이유는 나를 지키기 위해서다. 나에겐 중요한 일을 누군가에게 말로 표현했을 때, 그 일이 입에서 입으로 가볍게 날아다니는 모습에 상처받은 적이 있을 것이다. 중요한 고민, 가족 이야기, 사생활은 누군가의 안줏거리가 되기에는 소중하고 은밀하다. 왜 내 삶의 소중한 부분을 그렇게 쉽게 남의 입에 내어주는가. 소중할수록 더 조심히 다뤄야 한다.

또한 말이 가진 음흉함은 나로 하여금 주체적 행위를 약화시키는 측면이 있다. 라이언 홀리데이는 저서 《에고라는 적》에서 "우리는 무시당하는 것을 죽음으로 생각하고 침묵을 약함을 드러내는 기호로 인식하는 듯하다. 그래서 마치 자기 목숨이 달려 있기라도 한 것처럼 필사적으로 말하고 말하고 또 말한다."고 했다. 또 키에르케고르의 말을 빌려 "단순한 잡담은 실질적인 대화를 앞지르며, 생각 중인 일을 입 밖으로 드러내는 일은 실제 행동을 선수침으로써 그 행위를 약화시킨다."며 말에 내포되어 있는 음흉함에 대해 지적했다.

이 구절에 굉장히 공감한 나는 실제로 중요한 일을 시작할 때 (가능하면) 누구에게도 말하지 않고 시작하려 한다. 무언가를 시도도 해보기 전에 타인의 의견을 물었다가 잘될 일에 지레 겁을 먹어 단념한 적이 여러 번 있었기 때문이다. 마음 속에 확신이 가득한 일이라면 누군가에게 그걸 확인받을 필요가 없고, 그렇기에 굳이 해보기도 전에 말을 꺼낼 필요가 없는 것이다. 남이 해결해줄 수 없는 종류의 고민을 털어놓으며 남의 의견을 필요로 하는 이유는 아직 나의 생각이 무르익지 않아서가 아닐까.

주변에서 어떤 일을 할까 말까에 대한 고민을 많이 하는 사람들을 보면 결국 그 일을 하지 않는 경우가 많다. 할까 말까에 대한 고민을 너무 많이 털어놓다 보면 결코 좋은 데이터를 얻을 수 없다. 세상에는 성공보다 실패의 사례가 압도적으로 많다. 키에르케고르의 말처럼 생각 중인 일을 입 밖으로 드러내는 말은 실행력을 약화시킬 확률이 높다.

진짜 무언가를 하려는 사람은 할까 말까가 아닌, 어떻게 해야 할까 하는 방법을 고민할 뿐이다. 말로써 바꿀 수 있는 건 생각보다 많지 않다.

말 잘하는 기술이 너무나 중요한 세상이지만 그만큼 우리는 말에 지쳐 있다. 말을 하는 사람도, 듣는 사람도 그렇다. 당신이 침묵으로 여백을 남겨두면 그 여백은 누군가가 채우기 마련이다. 그러니 굳이 나서 말을 하지 않아도 괜찮다. 당신은 당신으로서 충분히 좋은 사람이다.

결혼, 그다음이 행복하려면

나는 아직까지(?) 만족스럽게 결혼 생활을 이어오고 있다. 혼자 살아볼 생각도 했고, 둘이서만 살아볼 생각도 했기 때문에 내 눈앞에 닥치는 삶의 과정 하나하나를 신중하게 대했다. 쉽지 않았지만 그래도 행복하다고 단언할 수 있는 건 내가 정말 좋은 사람을 만났기 때문이다.

사람들은 종종 결혼할 인연을 만나면 한눈에 알아볼 수 있느냐고 묻곤 하는데, 내 경우에는 한눈에 이 사람과 결혼하게 될 것이라 생각하지 않았다. 대부분의 연인이 그렇듯 사귀는 동안 다투기도 했고 모든 행동이 내 마음에 쏙

들거나 내 이상형과 부합했던 것도 아니었기 때문이다. 다만 나는 나와 만나는 사람을 다른 사람과 비교하지 않았다. 나도 완벽할 수 없는데 상대에게 완벽하길 바랄 수 없는 노릇이었다.

함께 살아도 좋겠다는 결론을 내린 뒤에는, 남의 의견을 듣기보다는 우리 둘의 취향과 편의대로 결혼 준비를 해 나갔다. 준비만 하다가 파혼하는 사람들도 많을 만큼 계속해서 서로의 욕구와 이해를 맞춰가야 하는 어려운 과정에 남의 말까지 보태진다면 이건 설렘이 아니라 피곤한 일이 되기 십상이다.

결혼의 본질은 웨딩이 아니라 그 이후의 삶이다. '평생에 한 번, 어릴 때부터의 꿈'이라는 말들을 방패 삼아 시작부터 서로를 할퀴고 멍들게 하느니 적당히 타협하고 사이좋게 시작하고 싶었다. 결혼식이 끝난 다음부터 두 사람 앞에는 함께 결정할 일들이 줄지어 놓인다. 경제적인 문제부터 시댁·처가 문제, 가족 문화 차이, 이해되지 않는 수많은 습관들까지. 이런 일을 조율해갈 때 가장 중요한 건 '서로의 의견'이라는 점을 기억해야 한다. 다들 이렇게 산다, 내 친구는 그렇다더라, 연예인 누구는 이렇다더라 같은 이야기는 문제 해결에 하등 도움이 되지 않을 뿐더러 그건 그 사람들의 삶일 뿐이다. 가장 중요한 당사자인 두 사람이 서로의 의견에 귀를 기울여야 갈등이 줄어든다.

결혼한 지 얼마 되지 않아 나는 커리어에 큰 전환점을 맞이했고, 뜻대로 일이 풀리지 않자 자존감이 뚝 떨어졌다. 한동안 우울증을 앓으며 조금씩 내 삶을 잃어가고 있던 나에게 누군가 이런 말을 건넸다.

"결혼 생활은 세 개의 삶이 지탱하는 거래. 나의 삶, 배우자의 삶, 그리고 우리(부부)의 삶."

그 말을 듣고 나서야 나는 '좋은 아내'가 되거나 '예쁜 부부'로 사는 것으로만 우리의 결혼 생활이 유지되는 것이 아니라, 그 아래 반드시 '나의 삶'이 탄탄하게 버티고 있어야 한다는 걸 깨달았다. 그날 밤, 나는 세상에서 가장 가깝지만 가장 어렵기도 했던 남편에게 자존심을 내려놓고 솔직히 내 고민들을 털어놓았다.

나: 나, 뭐가 됐든 내가 주체적으로 하는 일을 하고 싶어. 돈을 벌고 싶어. 완벽한 전업주부는 못 될 것 같아.
남편: 가계는 내가 꾸려갈 테니까 너는 일을 해. 잘하지 않아도 돼. 그냥 재밌게 자유롭게 하고 싶은 일을 해.

하고 싶은 일을 하라는 든든한 지지의 말에, 나는 고마움과 책임감을 느꼈다. 덕분에 나는 하던 일을 접고 새로운 일을 시작할 수 있었다. 나의 삶은 다시 제자리를 찾아갔고, 우리의 결혼 생활도 모든 면에서 전보다 더 나아졌다.

나에게 좋은 사람을 판별하는 방법을 묻는 사람들에게 나는 정답 대신 딱 두 가지를 염두에 두라고 답한다.

하나는 상대가 (나에게) 따뜻한 사람인지를 보라는 것이다. 힘한 세상을 수십 년간 함께 헤쳐 나갈 배우자다. 다른 조건들도 물론 중요하지만 내가 힘들 때 나를 따뜻하게 안아줄 수 없는 사람이라면 그 관계 안에서 안정감을 갖기 힘들다. 사랑의 본질은 따뜻함이다. 물론 나 역시 상대에게 그런 존재가 되어주어야 한다.

또 다른 하나는 결코 서로가 완벽할 수 없다는 걸 인정하라는 것이다. 내 마음대로 나만의 이상적인 기준을 세워 놓고 거기에 못 미치는 점을 찾다 보면 한도 끝도 없다. 나 역시 완벽한 존재가 아니다. 사랑하는 서로를 예쁘게 봐주지 않으면 누가 서로를 예쁘게 봐줄까. 예쁘게 보면 예쁜 게 보인다.

결혼만큼 남에게 조언하기 어려운 일도 없다. 누구도 남의 결혼에 대해서는 속속들이 알지 못하니까. 앞에서 내 결혼 생활이 만족스럽고 행복하다고 단언했지만, 어느 누군가가 볼 때는 부족함투성이일지 모르는 것처럼. 그러니 보여지는 것보단 보여지지 않는 것이 더 중요하다는 사실을 잊지 말자.

결혼 역시 '내 삶'의 일부다. 자존감이라는 키워드가 한동안 우리 사회를 휩쓸었을 때, 모두가 말했다. 행복하고 싶다면 스스로의 마음을 들여다보라고. 결혼도 다르지 않다. 남의 말보다는 서로의 마음을, 서로의 말을 들으며 살아가야 한다. 결혼은 나의 삶, 배우자의 삶, 그리고 우리의 삶이라는 세 개의 삶이 지탱하는 것이니까.

제3장

더 이상 이렇게 살 수는 없다

인생 그래프를 상승세로 바꿔봐

인간의 사회적 본능 중 하나는 '앞으로 나아가고자 하는 욕망'이다. 지금보다 더 나은 수입, 지금보다 더 나은 체력, 지금보다 더 나은 심리적 안정, 지금보다 더 나은 미래.

힘들게 일하고 돌아온 내 눈앞에 펼쳐진 집안 구석구석을 보며 '내 마음에 드는 게 하나도 없다'고 생각했던 그날, 나는 더 이상 이렇게 살 수는 없다고 생각했다. 대단한 대안이 있는 것도 아니었지만, 일단 결심했다.

나처럼 현재의 삶이 충분하지 않다고 느끼는 순간이 누

구나 한 번쯤 온다. 그 순간이 아니더라도 삶의 변곡점을 맞닥뜨리게 될 때는 그 앞에서 좀 더 현명한 길을 택하기를 바라게 마련이다. 내 인생의 굴곡이 바뀌는 변곡점. 그 지점을 "더 이상 이렇게는 살 수 없다"는 마음으로 맞이한다면, 우리는 인생 그래프를 상승세로 바꿀 수 있다.

내가 하는 일에 더 이상 보람을 느끼지 못할 때가 오면, 나는 그것을 변화의 신호로 받아들인다. 나의 쓰임은 다른 데 있을 수도 있으니까 나에게 다른 기회를 줘보는 것이다. 그렇게 변화를 결심한 후에는 바로 실행하지 않고 시간을 가지고 생각해본다. 정말 내가 다른 일을 하고 싶은 건지, 아니면 지금 하고 있는 일을 더 잘 해내고 싶은데 기대만큼 결과물이 좋지 않아서 지친 마음에 놓아버리고 싶은 상태인 건지를 판단하는 것이다.

맡은 일을 잘하고 있다고 생각하는가. (그렇다 / 아니다)

지금 하는 일이 싫고, 다른 일을 하고 싶은가. (그렇다 / 아니다)

일하면서 나에게 실망하는 순간이 잦았는가. (그렇다 / 아니다)

그로 인한 스트레스 때문에 잠시 쉬고 싶은 건 아닌가. (그렇다 / 아니다)

구체적으로 어떤 다른 일을 하고 싶은지 상상해봤는가. (그렇다 / 아니다)

지금 이 일을 멈춘다면 나중에 후회할 것 같은가. (그렇다 / 아니다)

위의 질문들에 답하다 보면 내 방향을 설정하는 데 조금 더 단단한 확신이 생긴다. 스스로 잘하고 있는 것인지 알 수 없을 때, 나에게 실망하는 순간이 반복될 때, 사람은 지치게 되어 있다. 그럴 때는 홧김에 대책 없이 변화를 도모하기보다는 지친 나를 쉬게 해주고, 잠시 한발 떨어져 객관적으로 나를 보는 시간이 필요하다.

모든 일을 멈추고 쉬고 싶다는 생각이 들던 순간을 돌아보면, 나는 더 잘하고 싶은데 몸도 마음도 지쳐 있었다. 진로의 방향이 바뀔 필요가 있는 시점이라는 것을 깨달았던 순간을 돌아보면, 지금 하는 일을 잘 해내면서도 새로운 일을 계획할 여력이 있던 순간이었다.

무언가를 시작하겠다는 마음을 먹고 나면 일하는 시간, 쉬는 시간, 자는 시간까지 하루에도 몇 번씩 영감이 나를 찾아온다. 작은 영감들이 모여 얼마나 큰 도움이 되는지 그때는 절대 알 수 없다. 고독한 마음을 채우는 수많은 영감들이 모두 쓸모없는 것처럼 여겨질 수도 있다. 비로소 일을 마무리 짓고, 결과물을 얻고 난 다음에야 '나는 틀리지 않았다, 반드시 필요했던 시간이었다'는 것을 스스로 증명해 보일 수 있다.

그러니 지금 하는 일이 더디게 여겨지거나 의미 없이 반복될 뿐이라는 생각이 들 때는 '지금의 시간이 어떤 의미를 가지는지 나중에 다 알게 될 거야'라고 생각해보자. 그러면 그 시간을 한결 수월하게 버텨낼 수 있다. 모든 성장에는 통증이 따른다. 힘들지 않으면 잘해낼 수가 없다. 지금의 방황은 성장통이다.

삶에 변화가 필요한 시점을 느끼는 건 자기 자신뿐이다. 무엇 때문에 지치고 힘든지 토씨 하나 빼놓지 않고 100%

타인에게 공유하는 사람은 없다. 그러니 타인을 완벽히 이해시키기란 애초에 불가능하다. 나 역시 남의 평가나 조언에 지나치게 귀 기울일 필요가 없다. 내가 잘 살기 위해서 필요한 변화에 다른 이의 전적인 응원과 지지를 바라는 것 자체가 욕심이 아닐까?

스스로도 확실치 않은 길을 응원해주기란 쉽지 않다. 변화의 기로에서 선택은 오롯이 내 몫이다. 그러니 스스로 용기를 내는 수밖에 없다.

인생은 어차피 안정적일 수 없다. 흔히들 안정적이라고 하는 공무원이나 대기업에 다니는 사람들도 그 안을 들여다보면 누구보다 치열하게 일하고 매사 불안을 느낀다. 일하지 않고 여행을 떠나거나 쉬기만 해도 불쑥불쑥 불안이 찾아오기 마련이다. 불안은 사람, 건강, 명예, 돈 같은 다양한 짐을 짊어지고 우리를 찾아온다. 아무리 안정적인 환경이라고 해도 산다는 것은 끝임없는 나와의 싸움이다. 좀처럼 용기가 나지 않고 불안할 때, 나는 이런 말을 되새긴다.

"잘 살고 있는지를 고민하고 있다면

당신은 이미 잘 살고 있는 것이다."

자신의 삶을 진지하게 대하고 존중하는 사람만이 끊임없이 삶에 대해 고민하는 법이니까.

그러니 만약 당신이 지금 잘되는 길로 가고 있는 것인지 걱정하고 있다면, 당신은 이미 옳은 길로 가고 있을 것이다. 자신을 믿고 조금 더 걸어가보자.

중요한 순간에 절대로 하지 않는 행동

한번은 가상 유언을 남기는 유튜브 채널에 출연한 적이 있다. 그때 받은 질문 하나가 아직도 기억에 남는다.

"인생에서 가장 후회하는 일은?"

간단해 보이는 이 질문은 나를 꽤나 당황시켰다. 좋았던 순간은 자주 꺼내보지만, 후회되고 싫었던 일들은 되도록 기억 저 깊이 매장해버리는 나로선 스스로에게조차 한 번도 해본 적 없는 질문이었다. 대답을 망설이던 몇 초 동안, 내가 과연 어떤 일을 후회하고 있는지 답을 찾아야 했다.

머리로는 아직도 지나간 후회의 순간들을 되짚어보고 있던 나는, 나도 모르게 입을 열어 그때 그 일을 이야기하고 있었다.

"제가 가장 후회하는 일, 그러니까 이렇게 살면 안 된다고 말하고 싶은 일은…"

사회초년생 시절, 나는 별로 좋지 않은 조건으로 어느 회사에 다니고 있었다. 회사에 만족하지 못해서인지 능력 부족인지, 이렇다 할 성과도 내지 못하고 있었다. 그러던 중 늘 꿈에 그리던 다른 회사의 채용공고를 보게 되었다. 나는 곧바로 이력서를 넣었다. 서류 전형은 간단히 합격했지만 직장에 다니면서 면접 시간을 맞추는 게 여간 어려운 일이 아니었다. 그러다 마침내 그 회사의 면접을 보게 되었고, 운 좋게도 거의 최종 관문에 가까운 합숙 면접의 기회를 얻게 되었다.

당시 나는 일, 사랑, 건강 중 무엇 하나 뜻대로 풀리지 않아 자존감이 바닥을 치고 있었다. 내가 어떻게 최종 면접까지 갈 수 있게 된 건지도 어리둥절하기만 했다. 그 와중에 다른 지원자(경쟁자)들을 보고 더 기가 죽었다. '모두 잘나고, 나이도 어린데… 스물여덟인 내가 신입사원으로 들어갈 수 있을까.' 지금 생각해보면 많은 나이도 아니었는데, 그때는 내 모든 게 단점으로 여겨졌다.

게다가 면접을 보려면 당시 다니던 회사에서 맡은 프로젝트의 중요한 업무를 하지 못하고 가야 하는 상황이었다. 담당 프로젝트를 완전히 망칠 수도 있는 상황이었다. 무모하지만 지금 직장을 포기하는 한이 있더라도 도전해보느냐, 아니면 만족도가 썩 높지는 않아도 위험 요소가 없고 안정적인 일을 택하느냐의 문제였다.

주변 사람들은 대부분 다니던 회사, 즉 안정적인 길을 택하라고 말했다. 내가 그동안 회사에서 어떤 일로 얼마나 힘들었는지 진지하게 터놓은 적이 없었기 때문인지 모두 나에게 지금의 삶도 나쁘지 않아 보인다고 했다. 아마 그들도 결과를 장담할 수 없는 도전을 하라고 나를 부추길 수는 없었을 것이다.

나는 불안한 마음에 점쟁이를 찾아갔다. "제가 지금 입사 시험을 보고 있는데 합격할 수 있을까요? 다음 면접에 참가하려면 회사를 관둘 생각까지 하고 중요한 일정을 빼먹고 가야 해요." 점쟁이는 쌀알을 휙 뿌리고는 긴 막대를 하나 뽑으라고 했다. "음… 합격을 하긴 하는데, 3분의 2만 합격이야. 들어가도 제대로 적응하지 못하고 같이 들어간 동기한테 밀려서 빛을 못 봐, 쯧쯔…"

그 말을 들으니 희한하게 후련해졌다. 오랫동안 염원했던 직장이었지만 내심 겁났던 최종 면접이라는 일을, 오늘 처음 본 점쟁이가 '해봤자 안 된다'고 말해주니 오히려 쉽게 포기할 수 있었다. 그리고 나는 정말로 최종 면접에 불참했다.

나중에 그 사실을 들은 누군가는 나를 바보 같다며 나

무랐지만, 대부분은 잘한 선택이라며 나를 격려했다. 나 역시 다니던 회사와의 의리를 지킨 행동이라고 믿으며 더 열심히 일했다. 하지만 시간이 흐르고 그 일을 떠올릴 때마다 속이 상하고 눈물이 났다. 염원했던 일을 포기하던 순간에 느낀 후련함은, 새로운 도전을 하지 않아도 된다는 생각에 부담이 사라져 잠시 마음이 편해진 것일 뿐이었다.

그제야 내 행동들을 모조리 후회했다. 내 선택이었다고 죽어도 인정하기 싫었다. 어떻게 얻은 기회인데, 왜 허무하게 날려버렸을까. 한 명이라도 나에게 그냥 도전해보라고 이야기해줬다면 결과가 달라지지는 않았을까. 후회에 후회를 거듭하다 남 탓까지 하고 있었다.

세상에서 내 마음은 내가 제일 잘 안다고 자부하던 나는, 정작 인생에서 가장 중요한 순간에 주변 사람들의 말에 휘둘리고 점쟁이를 찾아가 답을 구했다. 내 인생의 결정권을 남에게 줘버렸다는 사실이 참을 수 없었다. 한 번 사는 인생을, 원하는 걸 얻기보다 위험하지 않도록 몸 사렸던

내 태도가 너무 싫었다. 그 뒤로는 손에 쥔 것을 놓지 않으려 머뭇거리다가 다른 기회를 잡지 못하는 일을 다시는 만들지 말자고 다짐했다.

다른 이들은 인생의 시련을 적당히 피해가는 것 같은데 왜 나만 온몸으로 그것들을 감당해야 하냐고 하늘을 원망한 적도 있지만, 이제는 안다. 우리는 모두 처음 태어나서 처음 살아본다. 그렇기에 때때로 오답을 고를 때도, 예상치 못한 폭풍우를 만날 때도 있다.

만약 인생에 중요한 선택의 순간이 온다면 잊지 말고 스스로에게 묻자. 아무리 생각해도 문제의 정답을 모를 때, 한 치 앞이 막막하고 두려울 때, 나는 누구의 말에 귀를 기울이고 살고 있는가. 나를 가장 잘 알고 있는 사람은 누구인가. 내가 잘되길 가장 바라는 사람은 누구인가. 바로 나 자신이다. 내 선택이 틀릴까 봐 겁내는 대신, 내가 선택한 길을 맞는 길로 만들어갈 수 있다는 것만 잊지 말자. 길을 만들면서 계속 걸어가면 된다. 그래야 내 인생이다.

기회를 잡는 것도
놓아버리는 것도 모두 나다

스스로의 선택에 좀처럼 확신이 서지 않는다면,

오늘의 다이어리에 이런 말을 옮겨 적어보자.

 내 눈이 맞다.

 남의 눈에 너무 의지하지 말자.

 내 감을 믿고 조금은 고집스럽게 나아가보자.

 틀려도 괜찮다. 길은 다시 만들면 된다.

(with)

📖 《당신이 옳다》 (정혜신, 해냄출판사)

▷ 유튜브 〈TedXtalk(테드톡)〉 채널 '김민식 PD' 강연 영상

불쌍한 사람이 되지 마세요

나는 내가 자주 가여웠다. 어제는 좋은 날씨에 열심히 일만 하고 있는 내 자신이 가엾고, 오늘은 이렇게 열심히 사는 나를 오해하는 남들 때문에 내가 가여웠다. 어디서부터 시작됐는지 모를 뿌리 깊은 자기 연민으로 나는 더욱 괴로웠다. 그러다 보니 언제부턴가 나는 불쌍한 입장에 자주 처했다. 자기 연민은 만성이 되어 어느새 나의 일부분이 되었다. 그리고 인생의 결정적인 순간에 불쑥불쑥 튀어나와 나를 불행으로 끌고 들어갔다.

남들보다 늦게 시작한 취업 준비는 몇 번의 계절이 지나도 끝이 보이지 않았다. 계절마다 옷을 갈아입는 나무들처럼 철철이 복장을 바꿔 입으며 열과 성을 다해 준비했지만 돌아오는 건 불합격이었다. 좌절이 반복되고 나는 지쳐갔다. 여기서 어떻게 더 열심히 하라는 말인지, 도무지 일이 풀릴 기미가 없던 나는 또 스스로가 가여워졌다.

살면서 처음 마주한 무력감 앞에서 아무 것도 할 수 없었다. 무언가와 제대로 겨뤄보지도 못했는데 나는 이미 진 사람이었다. 결국 엄마 손에 이끌려 작은 회사에 입사했다. 취업의 굴레에 갇혀 있다가 새로운 세상에 놓이고 나니 그제야 나의 행적들을 객관적으로 볼 수 있었다. 취업이 안 된 것은 내 잘못이 아니었다. 회사가 필요한 것과 내가 가진 것이 달랐을 뿐이지, 내 능력이 부족하거나 내가 못난 사람이라서가 아니었다. 그걸 알고 난 다음에는 회사가 필요로 하는 사람의 모습으로 나를 준비하기 시작했다. 그리고 나는 마침내 꿈에 그리던 아나운서가 되었다.

과거의 나는 불행이 영원히 끝나지 않을 것만 같아서 하루하루가 막막했고 불안했다. 세월이 흘러 나는 중요한 사실을 깨달았다. 불행은 내가 끝내는 것이지 끝나길 기다리면 안 된다. 어떻게든 방법을 찾아 불행에서 뛰쳐나와야 한다. 불행에서 스스로 걸어 나오는 것도, 행복을 유지하는 것도 모두 나의 의지라는 것을 이제는 안다. 인생이 내 선택으로 얼마든지 바뀔 수 있다는 걸 어렴풋이 알게 된 다음부터는 삶의 돌부리에 걸려 넘어지는 순간마다 스스로 일어서 걸어 나가는 것을 연습했다. 처음부터 수월할 수는 없었지만 세월이 흐를수록 불행 안에 머무는 시간이 점점 짧아졌다. 그리고 지금의 나는 더 이상 불행에 걸려 넘어지는 것이 두렵지 않다.

예측하지 못한 불행이나 비상식이 만들어낸 부조리를 겪으면서도 자발적으로 그 안에서 머무르는 사람이 있다. 그러면 안 될 것 같아서, 그럴 수가 없어서 그 상황에서 벗어나지 않는다. 시간은 흐르고, 그는 점점 자신을 둘러싼 불행과 부조리에 익숙해진다. 진짜 문제는 여기서 시작된다. 스스로를 불행 안에서 부조리하게 대접받도록 내버려두

면, 그는 정말로 평생 푸대접을 받는 사람이 되어버린다. 그래서 절대 그렇게 내버려둬선 안 된다. 남들이 뭐라 해도 내가 싫으면 얼른 거기서 걸어 나와야 한다. 내 두 발로 씩씩하게 그 불행에서 최대한 멀어져야 한다. 내가 나를 구하지 않는데 누가 나를 구해줄 수 있을까?

불행은 사고다. 누구든, 언제든지, 이유 없이 불행한 일을 당할 수 있다. 어느 영화 속 유명한 비유처럼, 초콜릿 상자 같은 인생은 나에게 언제든지 수많은 초콜릿 중 맛없는 초콜릿을 건넬 수 있다. 그러나 그 맛없는 초콜릿을 입안에서 천천히 녹이면서 향을 느끼며 오래 고통스러워 할 것인지 아니면 먹자마자 퉤 뱉어버릴 것인지는 나의 선택이다.

관계든, 상황이든, 내 삶에서 일어나는 모든 일의 시작과 끝에는 내 의지가 있다. 나는 불행에 빠졌다고 느낄 때마다 아래 문장들을 곱씹고 다짐했다.

☑ 불행은 언제든 어떤 모습으로든 나를 다시 찾아올 수 있다.

☑ 불행과 만났을 때는 '왜 하필 나에게, 내가 뭘 잘못했기에' 같은 생각을 하지 말자.

☑ 주저하지 말고 내 의지로 그곳을 벗어나자. 뒤도 돌아보지 말고 불행에서 뛰쳐나오자.

주변에는 늘 행복해 보이는 사람들이 한둘쯤 있다. 드러내놓고 자랑하지 않아도, 인생에 큰일 한 번 없이 무탈한 것 같은 그들에게는 정말 불행한 순간이 없을까? 절대 아니다. 가까이서 살펴보면 그들은 어려운 순간도 허허실실 시트콤으로 승화시키며 잘 넘긴다. 불행에 잠식되지 않고 짧게 겪어내고 그곳에서 최대한 빨리 빠져나온다. 맛없는 초콜릿을 입에 넣었다면 뱉어버리고 언제 그랬냐는 듯 해맑게 맛있는 초콜릿을 직접 찾아 나선다. 절대 누군가가 그들의 삶을 구제해주길 기대하지 않는다. 나보다 오래 산 저 사람은 방법을 알고 있겠지, 나보다 똑똑한 그 사람은 정답을 알고 있겠지, 하며 허황된 기대를 품지 않는다.

그리고 그들의 인생에는 정해진 그림이 없다. 삶의 계획이나 방향이 없다는 뜻이 아니라, 정해진 편견이나 틀이 없다는 뜻이다. "이렇게 살아야 해" 같은 말버릇은 찾아볼수가 없다. 그래서 갑작스럽게 인생에 일어난 사고 같은 변수를 만났을 때에도 그들은 타고난 회복 탄력성으로 대처한다. 당황하거나 자기 부정, 자기 연민에 빠지지 않는다. 같은 환경과 조건 앞에서도 삶을 대하는 태도가 다르다.

그러니 이제는 인생의 초콜릿을 어떤 태도로 맛볼 것인지 정해야 한다. 나를 불행하게 하는 초콜릿을 입안에 오래 머금고 있을 것인지, 퉤 뱉어버리고 맛있는 초콜릿을 찾아 나설 것인지. 나는 당연히 후자를 권한다. 그래야 예측하지 못한 일들 앞에서도 나는 나로서 우아하게 걸어갈 수 있다.

당신은 충분히
그 불행에서 빠져나올 수 있다

한 번만 더 되새기자.

"어떤 순간에도 맛있는 초콜릿을 찾아 나설 것. 그리고

스스로를 불쌍히 여기지 말 것."

불행한 상황에 스스로를 방치하지 않고, 피 땀 어린 노력

으로 빠져나온 사람들의 이야기를 읽어보자.

(with)

📖 《배움의 발견》 (타라 웨스트오버, 열린책들)

📖 《힐빌리의 노래》 (J.D. 밴스, 흐름출판)

▷ 유튜브 〈말많은소녀〉 채널 '불행에 스스로를 방치하지 마세요' 영상

초라한 청춘 뒤에 오는 것

"서영아, 너는 인생에서 가장 힘들 때가 언제였어?"

"언니는?"

"취업 준비할 때."

"나도. 버스정류장에서 우느라 집에 못 들어간 적 있어, 없어?"

"나 맨날 그랬어!"

대학을 졸업하자마자 함께 취업을 준비하던 친구와 지금도 이따금씩 옛날을 추억한다. 다른 사람들처럼 우리도 사회인으로서 첫발을 내딛는 과정에서 큰 좌절을 맛봤다.

비교적 착하고 성실한 학생으로 살아왔건만 이렇게 취업이 어려울 줄이야. 학점을 쌓고, 대외 활동을 하고, 영어공부에, 취업 스터디까지 뭐 하나 소홀히 하지 않았는데도 우리가 원하는 직장들은 쉽사리 문을 열어주지 않았다.

'언젠가 되겠지'라는 믿음도 해가 바뀌면서 힘을 잃어가기 시작했다. 대학 졸업 후 미취업 기간이 길수록 취업이 더 어려워진다는 이야기에 하루하루 시간 가는 게 초조하기만 했다. 이렇게 되니 내 꿈을 이루는 게 급선무가 아니라는 생각이 들었다. 어디든 취업해서 돈을 벌어야 할 것 같았다.

취업 장수생에 접어들면서 '꿈을 포기해야 하는가'로 시작했던 고민이 점차 '내가 어디라도 들어갈 수 있는 인간인가'로 바뀌었다. 이 세상에서 나의 쓸모는 무엇인지, 내 가치를 알아봐주는 회사가 있을지를 생각하며 매일 밤 잠을 설쳤다.

한번은 먼 친척 중에 고시 낭인이 있다는 이야기를 들었다. 어릴 땐 영재 소리를 들으며 똑똑하게 자란 아이였는데 사법고시를 친다고 몇 년 허비하더니 좋은 때를 놓쳐서 지금은 백수로 밥을 축내고 있다는 이야기였던 것 같다. 어릴 때는 나와 전혀 상관없다고 생각했던 그 이야기가 어쩌면 내 이야기가 될 지도 모르는 일이었다. 그럼 나도 '그 집 딸내미 착하고 공부도 잘한다더니 어디 취업도 안 된다지 뭐야, 그 집 엄마 속이 타들어간대'의 주인공이 되지 말란 법이 없었다.

그런 생각에만 빠져 있다 보니 세상이 원망스러웠다. 1등을 놓치지 않는 모범생은 아니었어도 부모님이나 선생님이 하지 말라는 거 안 하고, 하라는 것은 성실하게 해내며 나름대로 열심히 살아왔는데도 나를 받아주는 곳이 하나 없다는 게 억울하고 서러웠다. 만원 버스에서 살짝 발이 밟혀도 눈물이 터지고, 식당에서 주문을 잘못 받아 엉뚱한 음식이 나와도 눈물이 터질 정도로 마음이 약해졌다. 이렇게 살다간 부모님에게 짐만 될 텐데, 전공이나 꿈과 관계없이 생산직에라도 지원해봐야 하나? 아니 그건 쉽나? 거기 선 나를 받아주나? 마트 캐셔 같은 일이라도 해봐야 할까? 마트 직원은 정직원인가? 거기선 나를 받아주나? 나는 스 트레스에 더 자극을 주며 의미 없는 시간을 보냈다.

고민은 한 보따리였지만 달리 해결책은 없었다. 눈을 돌 리기도 낮추기도 하고 같은 고민을 하는 친구들끼리 경쟁 과 위로를 반복했다. 끊임없이 이력서를 고치고 면접을 준 비했다. '불합격'이라는 글자 앞에서 내가 무엇이 부족한 인간인지 찾아내는 과정을 반복하는 수밖에 없었다.

몇 달 뒤, 끝이 보이지 않는 터널을 걷는 것 같았던 우리 에게도 '합격'이 찾아왔다. 그렇게 힘들던 시간이 어떻게 끝났는지도 모르게 끝이 났다. 물론 내가 간절히 원했던 회사에는 들어가지 못했고 원하는 연봉이나 근무조건 역 시 아니었지만 어쨌든 나는 회사원이 되었다. 세상이 무너 지는 절망을 매일 맛보며 버스 정류장에서 눈물 흘리던 그 때의 우리는 십수 년이 지난 지금 남부럽지 않게 밥벌이를 하며 살고 있다.

갓 태어나 걸음마를 하는 새끼 사슴처럼 사회에 첫 걸음을 내딛는 청춘에게 취업 준비라는 관문은 단순히 먹고 사는 문제가 아니다. 그간 살아온 내 삶에 대한 평가이자 앞으로 살아갈 인생이 결정지어지는 중대한 첫 관문이다. 그렇기에 그 과정이 너무도 혹독하게 느껴질 것이다. 경험이 없으니 두려움도 클 수밖에 없다.

하지만 누구나 이 과정을 거쳐야 한다. 나 역시 돌아가기 싫을 만큼 힘들었지만 돌아보면 나를 객관적으로 볼 수 있는 시간이었고 그만큼 스스로를 성장시킬 수 있는 기회였다. 그리고 분명히 말할 수 있다. 끝이 보이지 않는 그 고된 시간은, 언젠가는 반드시 끝날 여정이다.

내가 원하는 시기에 내가 원하는 방식으로 일이 풀리는 청춘이 과연 몇이나 될까. 나는 누구나 자기 밥그릇을 타고 난다는 말을 믿는다. 물론 처음에는 내가 원하는 밥그릇이 아닐지라도 분명히 사회에 내 자리는 있다. 시간과 방법의 문제일 뿐이다. 여태까지 죽지 않고 살아내온 당신이라면, 앞으로도 그럴 것이다. 그러니까 눈물 닦고 집에 들어가서 다시 마음을 다잡고 오늘의 일을 계속하자. 다 왔다. 고지가 코앞이다.

에라 모르겠다, 열심히 살자

세상에는 두 가지 부류의 사람이 있다. 지친 몸과 마음을 쉬게 하는 법을 아는 사람과 모르는 사람. 나는 제대로 쉬는 법을 여전히 모른다.

어릴 때부터 쉼이 필요하면 아프다는 핑계를 댔다. 머리가 아프다거나 몸살 기운이 있다면서 증명할 수 없는 통증을 호소하며 쉴 명분을 만들곤 했다. 누가 뭐라고 하는 것도 아닌데 아프다는 핑계가 없으면 마음 편히 쉬어지지가 않았다. (실제로 이렇게 정신적 스트레스가 몸의 통증으로 나타나는 현상을 '신체화증상'이라고 한다. 극심한 스트레스나 정신적 상처가 복통, 두통 등의 통증으로 발현된다.)

그렇게 어른이 된 나는 365일 24시간을 알차게 살지는 않지만 최선을 다해 일한다. 하루를 바쁘게 보내고 다이어리에 스케줄이 빽빽이 차 있을 때 살아 있음을 느낀다. 가끔은 그저 '열심히 사는 모습'을 위해 열심히 사는 건 아닐까 의심스럽기도 하지만 내가 무언가를 해내고, 여기저기서 나를 필요로 하는 것만큼 내가 살아있다고 느끼게 하는 일이 또 있을까.

반대로 게으름을 피우는 날이면 죄책감에 시달린다. 침대에 누워서도 무언가를 하지 않으면 불안하다. 그저 포털사이트를 손 가는 대로 눌러보면서 뭐라도 명분을 만들려는 본능이 꿈틀거린다. 아무것도 하지 않고 하루를 보냈다는 생각이 들면 초조함에 밤잠을 이루지 못 하거나 아예 자포자기 심정으로 며칠을 허비하기도 한다. 어차피 아무것도 안 할 거라면 푹 쉬기라도 하면 좋으련만. 제대로 쉴줄도 모른다.

CHECKLIST
가전주부 영상 업로드
말많은소녀 아이템회의
4/4분기에 출시된 노트북 리뷰하기
사무실 정리하기
친구와 저녁 약속
자기 전에 드라마 보기
중요한 일 하나를
빠뜨린 것 같은데…

초중고 12년 동안 결석 한 번 하지 않았고, 과제가 주어지면 완성도가 다소 떨어질지언정 마감을 어긴 적이 없다. '성실하다', '열심히 한다', '착실하다'라는 말은 인이 박일 정도로 들었다. 나는 그런 말들이 칭찬으로 들리지 않았다. 어린 내 눈에 멋있는 사람은 개미보다는 베짱이 같은 사람이었다. 크게 노력하지 않아도 재능으로 번쩍번쩍 빛이 나는 사람으로 보이고 싶었다. 하지만 한결같이 아등바등 사는 일개미 DNA때문인지 성실함으로 버텨가는 습관은 쉽게 달라지지 않았다. 매일매일 '무언가를 했다'는 느낌, 움직이고 있으니 뒤처지지 않을 거라는 믿음만이 나의 불안을 잠재울 수 있었다.

한병철 교수의 저서 《피로사회》에는 내가 그토록 쉬지 못하고 '하고 있다'는 행위 자체에 집착했던 이유가 설명돼 있었다. 21세기는 성과를 내야만 자신을 유용하다고 느끼는 '성과 사회'라는 것이다. 20세기까지 사회 부적응자의 형태가 광인, 범죄자라면 21세기의 사회 부적응자는 우울증 환자나 도태되는 사람으로 나타난다고 한다. 성과라는 건 자기 자신이 내야 하는 것이기 때문에 끊임없이 스스로를 채찍질해야 한다. 노력하면 뭐든 이룰 수 있다는 동화 같은 환상을 가진 사람들은 성과를 내지 못하면 자신의 부족함을 탓하게 되고 자신이 쓸모없는 사람이라는 자괴감에 빠지게 된다. 쓸모없는 사람이 되고 싶은 사람은 없다. 때문에 사람들은 자기계발이라는 명목 하에 '자기 괴롭힘'을 멈추지 않고 살아간다.

눈에 보이는 결과가 없는 한 성실이라는 가치는 쉽게 폄하된다. 그저 열심히 산다는 것은 목적 없이 에너지를 낭비하는 비효율 행위처럼 보일 수 있으니까. 나 역시도 늘 열심히 살아가는 내 인생에 확신이 없었다. 무엇을 향하는지도 모르는 내 성실과 열심이 산업화 사회에서 필요한 일개미를 양성하기 위한 가스라이팅이었다면 나는 대체 무엇을 위해 이토록 힘겨운 하루하루를 보냈던 것일까! 수많은 자기계발서를 들춰보아도 명확한 답은 없었다. 나만의 열정을 찾고 그걸 향해 거침없이 열심히 성실히 나아가라는 말만 쓰여 있었다.

세상이 세뇌시킨 논리에 순응하고 싶지 않다는 반항심이 일자 나는 의도적으로 게으름의 늪에 빠져보기도 했다. 내가 돈이 없지 시간이 없나! 정오가 넘는 시간까지 억지로 늦잠도 자보고, 하루 종일 일부러 아무것도 안 하고 TV만 보기도 했다. 매일 똑같이 성실하게 사는 개미 같은 삶은 안녕, 베짱이처럼 살 거라고 다짐했다. 지금 게으름을 부리는 만큼의 에너지가 모여 언젠가 한방이 필요할 때 폭발적인 성과를 내리라!

하지만 제 버릇 개 못 준다. 말로는 게으름을 즐겨보자고 했지만 마음속은 불안했다. 아무것도 안 하고 몸을 편하게 해주면 행복해야 하는 건데 오히려 이전보다 더 무기력하고 부정적인 생각이 스멀스멀 올라왔다.

그러다 한번은 아침 일찍 일어나 밥 세 끼를 꼬박꼬박 차려먹는 하루를 보냈는데 놀랍게도 나는 거기서 어렴풋이 답을 알아차렸다. 하루를 대충 보낼 때와는 달리 생체 시계가 제대로 돌아가는 기분이었다. 살아가기 위해 매일 했던 행동들이 실제로는 나를 살리는 행동들이었다는 걸 깨달았다. 사람은 역시 생긴 대로 살아야 한다!

"에이 모르겠다! 그냥 열심히 살자!"
"개미면 어때? 멋 없으면 어때?"
"내 마음이 편하고 내 하루가 충만하게 느껴진다면 그걸로 됐다."

세상이 주입한 허상에 사로잡혀 억지로 열심히 살 필요가 없다는 생각에서, 어차피 내 인생이 피로사회의 사회상이라면 나는 나대로 그에 적응해서 열심히 살면 그만이라고 생각을 바꾸게 됐다.

지금의 나는 열심히 일하고 나서 느껴지는 약간의 피로감이 좋다. 알차게 하루를 살아냈다는 것에 자긍심을 느낀다. 다만 주어진 하루하루를 열심히 살되 성과에 대한 생각은 조금 내려놓기로 했다. 꼭 무엇을 위해 살아야만 공들여 사는 건 아니다. 성실함은 부끄러운 게 아니니까.

열심히 사는 걸 부끄러워 하지 마

데일 카네기는 이런 말을 했다.

"아무것도 하지 않으면 의심과 공포가 생긴다.

행동하면 자신감과 용기가 생긴다.

두려움을 정복하고 싶다면 생각만 하지 말고 나가서 바쁘 움직여라."

데일 카네기도 성과를 바라고 한 말은 아니었을 것이다.

행동하면 생기는 가장 큰 자산은 자신감과 용기다.

📖 《럭키》 (김도윤, 북로망스)

📖 《매일을 헤엄치는 법》 (이연, 푸른숲)

▷ 유튜브 〈말많은소녀〉 채널 '이렇게는 살 수 없다는 생각이 들 때' 영상

그럼에도 왜 일하는가

나는 일을 하는 내가 참 좋다. 목표 의식도 없고 물러터진 줄 알았던 내가 부지런하게 움직이고 누군가에게 도움이 되는 순간이 좋다. 연차가 쌓이면서 노련해지고 단단해지는 모습도 마음에 든다. 싫은 게 있으면 티를 팍팍 내고 팽 돌아서던 유치하던 내가, 협상도 할 줄 알게 되고 큰 그림을 보게 되었다. 일이 늘어나고 커리어가 쌓일수록 나의 인격의 그릇도 커지는 것을 체감한다. 누가 뭐래도 나를 성장시킨 건 9할이 일이다.

일은 나에게 먹고 사는 수단이 아니다. 내가 갈아 넣은 청춘의 시간이고, 나의 루틴이고, 어쩌면 나 자체다. 나에게 그만큼 커다란 가치인 일은 나를 먹여 살렸지만 내가 배부를 만큼의 상처 또한 주었다. 요즘에는 이런 일이 잘 없겠고, 또 없어야 하지만 직업인으로서 나는 존중받지 못했던 적이 종종 있었다.

한번은 방송국 입사 면접 때 "아나운서 왜 하려고 해요? 시집 잘 가려고?"라는 질문을 받았다. 또 다른 면접의 면접관은 "아기 낳으면 그만두는 거 아니야? 남편이 반대 안 해요?"라고 물었다. 일을 시작하고 난 뒤 어느 상사는 나에게 "남편 있으니 그렇게까지 일 안 해도 되잖아. 너무 일에 목매면 남편 능력 없다고 소문난다."고 말하기도 했고, 요즘도 유튜브 영상에 "아줌마 살림이나 똑바로 해." 같은 댓글이 종종 달린다.

사람들 눈에 비친 내 일은 결혼을 잘하기 위해 필요한 타이틀이고, 결혼을 하고 난 다음에는 아기 낳기 전까지 무료한 일상을 때울 취미일 뿐인 걸까? 일로써 무언가를 이루겠다는 목표나 야망이 대단히 큰 것도 아니면서 늘 일하고 싶어 하는 나를 의아하게 여기는 사람도 많았다. 사정이 어렵냐고, 돈이 많이 필요하냐고 묻는 사람도 있었고, 친한 친구들은 내가 일 좀 그만하고 편하게 사는 모습을 보고 싶다고도 했다. 가끔은 이렇게 사는 게 맞나 싶을 때도 있지만 여전히 어떤 일이라도 찾아서 하고야 말았다.

내 일의 가치를 깎아내리는 의견에 전혀 동의하지 않으면서도 여러 번 이런 일들을 겪다 보니 일을 좋아하고 열심히 하는 내가 뭔가 잘못된 사람처럼 느껴졌다. 마치 일을 취미처럼 해야만 사람들의 기대에 부응하는 것 같다는 생각까지 들었다.

그러나 아무도 인정해주지 않는다면 내가 인정해주면 될 일이었다. 내가 나의 일을 더 존중해주고 대접해주기로 했다. 성공이 보장된 사업에 투자할 때 망설일 투자자는 없을 것이다. 내 일은 무조건 잘된다고 생각하고, 내 일에 투자해야 할 것이 있다면 시간, 노력, 가능한 자금을 아낌없이 투자하려고 했다. 나에게 붙여지는 대표님, 작가님, 인플루언서 등의 호칭도 멋쩍어하지 않기로 결심했다.

또 일하는 나를 존중해주기로 했다. 멋진 일터에서 일하고 싶어서 영혼까지 끌어 모아 어엿한 작업실도 꾸리고 좋은 동료가 필요해서 좋아하는 친구를 설득해 함께 일하게 되었다. 오래 일할 거니까 급하게 가지 않도록 너무 상처받지 않도록 스스로를 다독이고 응원한다.

예전에는 내가 하는 일의 모습이나 일의 결과에 대해 남들이 어떻게 바라볼지에 대해 무지막지하게 신경을 썼다. '사람들이 뭐라고 할까? 이것을 하는 내가 모양 빠져 보이지 않을까?' 하는 생각에 하루 종일 사로잡히곤 했다. 하지만 내가 내 일을 존중하게 된 후, 그러니까 어떤 일이든 일하는 것을 멈추지 않을 것이라고 결심한 다음부터는 오히려 사람들의 비판을 일에 대한 피드백으로만 받아들이게 되었다. 그 어떤 피드백도 나에게 상처가 되지 않았다.

누가 뭐라고 해도 내 일을 내가 사랑하고, 앞으로도 계속 할 것이기 때문에 비판에 계속 흔들리고 있을 필요도 없다고 느껴질 뿐이다.

나를 오늘도 나를 돌보며 일할 생각이다.

나에게 일은, 내 삶을 나답게 사는 방법 중 하나다.

나는 계속 일하고 싶다.

열심히 산 결과가 번아웃일 수도

'열심히 살아야 되는 것도 알겠고, 열심히 살고 싶은데, 아무것도 하기 싫어요…'

살다 보면 누구나 한 번쯤 지쳐 나가떨어질 때가 있다. 몸이든 마음이든 한도를 초과해서 쓰다 보면 더 이상 꺼내어 쓸 것이 남아 있지 않은 순간이 오기 마련이다.

나는 5년 주기로 한 번씩 심한 번아웃 증후군에 시달린다. 번아웃은 다양한 얼굴로 찾아오지만 내 경우 갑상선 수치가 안 좋아진다든지, 좀처럼 잠에서 깨어날 수 없다든지

하는 식으로 몸이 먼저 고장 나버린다. 그리고 약해진 몸은 정신을 끌어내린다. 피곤으로 시작해 무기력으로 안착하고 나면 사는 게 부질없게 느껴지고, 어떤 것도 해결할 힘이 남아 있지 않아 차라리 사고라도 나서 회사에 못 갔으면 좋겠다거나 지구가 멈춰버렸으면 좋겠다는 허황된 상상만 반복한다.

내가 가장 의욕적으로 열심히 살던 시점에는 늘 번아웃이 왔다. 전속력으로 달리다가 갑자기 툭 멈춰버린 꼴이었다. 무언가에 온전히 몸과 마음을 쏟고 나면 갑자기 힘이 툭 빠져버린다. 내 의지로 열성을 다했을 뿐인데 왜 번아웃을 겪는 걸까. 뚜렷한 이유를 모르겠다는 게 더 미칠 노릇이다. 이유를 모르니 의지 부족, 능력 부족, 체력 부족, 우울증 같은 심리적 문제라며 나를 자책하게 된다. 그다음에 할 일이라곤 불안, 무기력증, 자기혐오, 분노, 의욕상실, 직무 거부 등의 온갖 증상을 겪다가 문제를 해결할 힘조차 남아 있지 않은 상태를 마주하는 것뿐이다.

또 번아웃이
온 거냐고…

사람마다 다양한 삶을 살아왔고, 마음의 형태도 다 달라서 번아웃의 이유를 특정한 한 가지로 꼽을 수는 없을 것이다. 이유는 모르지만 어쨌든 다 타버린 잿더미 위에서 평생 살 수는 없으니 어서 벗어나는 게 상책이지 않을까.

바쁘고 부지런히 사는 걸 좋아하는 내가 번아웃이라니! 무기력에 빠져 의미 없이 하루하루를 보내는 내 자신이 한심했다. 성실로 점철된 내 정체성이 사라지는 것 같아 더 두려웠다. 오히려 더 무리해가면서 발버둥도 쳐봤다. 하지만 그런 건 오히려 나를 더 지치고 조급하게 만들 뿐 별 도움이 되지 않았다. 그제야 나를 부정적으로 바라보는 대신 인정해주기로 했다. '열심히 산 것에 대한 대가가 고작 번아웃인 게 아니라 열심히 살았으니 지칠 수도 있는 것이다, 큰일이 나기 전에 몸이 알아서 쉬고 갈 기회를 주는 거다'라고 마음을 바꾸어본 것이다.

몇 번의 번아웃과 그걸 극복해낸 과정은 내가 나를 다루는 방법을 배우는 시간이 되었다. 나에게 큰 도움이 되었던 방법들을 소개한다.

1. 일단 쉬기

지친 것에서부터 벗어나서 무작정 쉬자. 알차게 휴식 시간을 보낸다거나 재밌게 놀아야 한다는 생각도 버리고 그냥 일부러 널브러져 있어본다. 방전이 코앞인 스마트폰에 억지로 충전기를 꽂은 채로 계속 사용하면 금방 망가진다. 오히려 잠시 멈추고 쉬는 게 더 빨리 번아웃에서 벗어나는 방법이다.

2. 상담하기

누군가에게 말로 마음을 표현하다 보면 나도 몰랐던 감정들이 정리가 되기도 한다. 내 상황을 털어놓을 수 있고, 번아웃이 지나갈 시간을 재촉하지 않으면서 함께해줄 사람이라면 더 좋다. 그런 사람이 주위에 없다면 전문가와의 상담을 추천한다. 자신에게 맞는 상담처를 찾는 것이 중요하다. 사람에 따라 정신건강의학과보다도 상담 클리닉이 더 도움될 수도 있다.

3. 루틴 만들기

너무 타이트하지 않되, 정신을 차릴 수 있는 정기적인 일정을 만들어본다. 몸이 다치면 재활치료를 하듯이 망가진 생활을 재활치료 한다고 생각하고 무리하지 않는 수준에서 차츰 일상의 리듬을 되찾는 것이다.

4. 조금이라도 몸 움직이기

무기력 때문에 운동할 마음이 들지 않을 수 있다. 거창한 운동이 아니어도 좋다. 간식을 사러 나간다거나 강아지를 (혹은 나를) 산책시키는 등 최소한의 움직임만이라도 하려고 노력해보자. 10분이라도 움직이고 나면 기분이 전환되면서 생각도 조금씩 달라진다.

5. 간단한 임무 완수하기

쓰레기 던져서 쓰레기통에 골인시키기, 하루에 밥 세 끼챙겨 먹기, 서랍 한 칸 정리하기 등 뭐가 되어도 좋다. 작게나마 목표를 세우고 그걸 하나씩 이루면서 무너진 자신에대한 신뢰를 회복해가보자.

번아웃은 한 번 겪을 때마다 견딜 수 없이 힘들지만 다르게 생각해보면 낭만적인 사랑의 증거이기도 하다. 내가 가진 것을 다 쏟을 만큼 삶을 사랑한다는 뜻이니까.

최선을 다한 여러분, 조금 쉬어가도 괜찮더라고요!
다음에 대한 기약도 걱정도 하지 말고 푹 쉬어갑시다.

직장인과 프리랜서 그 사이 어디쯤

수년 전 나는 엄청난 직원 한 명을 고용했다. 시키지 않아도 열심히 하고 본인의 목표도 알아서 설정하고 주어진 임무 정도는 어쨌든 해내는 사람. 그런데 그 사람과 일해서 반드시 성공할 거라는 확신은 없었다. 그 사람을 고용한 이유는 오로지 딱 하나였다. 누구보다도 내가 잘되기를 바라는 사람이기 때문이었다. 그 사람은 나다.

내가 나에게 월급을 주고 보너스도 주고 휴가도 줘가면서 나는 나와 오붓하게 일하게 되었다. 취미로 시작한 일이 나를 여태껏 먹여살리고 있다. 시작할 당시에는 전혀 상상하지 못했던 그림이다. 처음에는 너무 신이 났다. 그렇지만 그것도 얼마 가지 않았다. 밀려드는 책임감과 이게 일인지 취미인지 모르겠다는 모호함이 나를 괴롭혔다. 처음 2년 동안은 애매하게 이어가고 있는 이 일을 언제 그만둬야 할지 타이밍만 쟀다. 늘 똑같은 말만 되풀이했다.

"지금인가? 아니 이번 건만 하고."

그렇게 일하다 보니 내 직업을 사랑하는 것이 어려웠다. 이걸 일이라고 칠 수 있나? 스스로 홀대했다. 오랜만에 연락해오는 지인들이 요즘 뭐하고 지내냐고 물을 때마다 어디서부터 어떻게 설명해야 할지 막막했다. 내가 어떻게 회사를 그만두었는지부터 시작해서 지금 무엇을 하며 시간을 보내는지 그리고 그 일은 얼마큼의 수익을 내고 있는지를 자세하게 메시지 창에 적었다가 한 자도 남기지 않고 지웠다. "그냥 이것저것 하면서 잘 지내." 그렇게만 답했다.

만약 여전히 회사를 잘 다니고 있었더라면 나 어느 회사

다니고 있어, 하고 한마디로 끝날 일을 나는 이제 길게 설명해야만 했다. 어떠한 소속도 없고, 수식어와 설명이 많이 필요한 일을 한다는 사실이 내가 내 직업을 홀대하게 된 데 일조했다. 그래서 나는 폭풍우 속에 지붕도 없이 우뚝 서 있는 듯한 느낌을 자주 받았다. 설명하기 어려운 내 직업이 떳떳하지 않을 때도 있었다. 하지만 그 애매모호함 속에서도 맡은 일은 항상 최선을 다해 해냈다는 것은 자신 있게 말할 수 있다.

회사를 박차고 나온 후 느낀 낯선 감정들은 프리랜서 생활의 단점이라기보다는 내가 나의 고용 상태를 스스로 받아들이는 과정에 더 가까웠던 것 같다. 프리랜서라는 정체성에 적응했을 때부터는 밥벌이를 스스로 책임져야 한다는 사실이 가끔 버겁기도 했지만 점차 어떤 회사에 소속되거나 어디론가 매일 출근하지 않아도 돈을 벌 수 있다는 게 즐거워지기 시작했다.

게다가 내가 내 시간을 자유로이 쓸 수 있는 프리랜서의 삶은 매력적인 해방 그 자체였다. 평일의 여유를 즐기려 윗사람의 눈치를 봐가면서 연차를 쓸 일도 더 이상 없어졌다. 사실 나는 그 점이 제일 좋았다. 가고 싶은 카페나 맛집을 줄 서지 않고 경험할 수 있게 되었고 티켓을 구하기 어려운 전시나 공연도 평일에 비교적 수월하게 누릴 수 있게 되었기 때문이다.

더불어 회사 안에서 누군가에게 잘 보여야 한다는 스트레스를 받는 일도, 쓸데없이 사람 진을 빼놓는 사내 정치에 휘말리는 일도 없어졌다. 한 조직의 구성원으로서의 역할에 충실할 때 나도 모르게 축나고 있던 나의 소중한 에너지를 더 이상 낭비하지 않게 되었다. 그저 나만 오롯이 잘하면 됐다. 무엇과도 바꿀 수 없는 자유와 여유였다.

혼자 일하다 보니 가끔은 막연했다. 내가 잘하고 있는지 견줄 수 있는 대상이 없어 불안할 때도 있었다. 그리고 정해진 업무 시간이 없어 나는 틈만 나면 일했다. 그러다 보니 집이 곧 사무실이었고, 퇴근이라는 개념이 사라진 지 오래였다. 정신을 차려 보니 나는 24시간 내내 일하고 있었다. 프리랜서 생활의 재정비가 시급했다. 그때부터 나는 업무 시간은 확실히 정해두고 하루 일과를 가지는 것을 프리랜서 생활의 첫 번째 규칙으로 삼았다. 한번 수립한 업무 계획은 반드시 책임감 있게 해내는 것도 잊지 않기로 마음을 다잡았다.

회사에 소속되어 일하는 것의 장점은 분명하다. 뚜렷한 소속이 주는 안정감과 직원 개인이 만들어낼 수 없는 특별한 일들을 조직이라면 경험할 수 있는 기회도 있다. 전 과정을 함께 겪는 조직의 동료들이 존재하기에 그 일원으로 업무에 참여하면서 학창시절에 경험한 것과는 차원이 다른 협동심과 동지애를 느낄 수도 있다. 각자 자기 자리에서 공동의 목표를 늘 의식하며 서로 의지하고 함께 성공과 실패를 경험할 수 있다. 그리고 그 과정에서 나만의 전문 분야라는 것이 생겨 자기 직무에서 더 전문성을 가질 수 있게 된다.

하지만 단점도 있다. 업무 성취감도 나누어 갖게 된다. 시스템 속에서 언제든 나는 다른 누군가로 대체될 수 있다는 리스크가 있고, 퇴사 후에는 업무를 완성한 나의 공보다도 내가 해낸 실적 그 자체만 덩그러니 남게 된다.

반대로 프리랜서는 업무의 모든 공정을 내가 결정하고 혼자 진행하고 결과물을 얻는다. 그래서 창작자인 '나' 개인도 인정받고 내가 만든 '결과'도 인정받게 된다. 하나부터 열까지 내가 한 모든 것이 안팎으로 인정받으면 그로 인한 성취감을 배로 느낀다. 직업에 대한 자긍심도 생긴다.

하지만 그 이면에는 처음부터 끝까지 모든 과정을 혼자 감내해야 한다는 부담이 있다. 그 과정에는 세무, 회계와 같은 분야도 포함이 되며, 그것이 자신의 전공 분야가 아닐 수도 있다. 그렇기 때문에 장단점의 개념보다는 나의 성향과 맞는 자리를 찾아야 한다.

사람들과 어울려 일하기를 선호한다면 당연히 회사 조

직의 구성원으로 지내는 편이 훨씬 업무 능률을 높일 것이고 반대로 혼자 일하는 것이 훨씬 더 마음 편한 사람들은 프리랜서로 나와서 일하는 모습이 더 어울릴 것이다. 조직은 어느 때에는 그럴듯한 울타리나 지붕이 되어주지만 어느 때에는 감옥처럼 나를 옥죄는 곳이 될 수도 있기 때문에 자신과 잘 맞는 고용 형태를 고르는 것이 현명하다.

프리랜서로 지낸 지 몇 년이 흐른 지금에야 나도 내 직업을 진짜 직업으로 받아들이고 있다. 지난 몇 년 사이 프리랜서에 대한 인식과 고용 환경도 점점 개선되고 있다. 자유를 얻기 위해서는 그만큼의 책임을 짊어지고 가야한다. 그렇기에 나는 앞으로도 내게 적절한 보상과 합당한 휴식을 제공하고 필요할 때는 채찍질도 해가며 커리어를 쌓아나가는 프리랜서로의 삶을 충분히 누릴 것이다. 무엇과도 바꿀 수 없는 자유와 여유를 누리기 위해서는 오늘도 열심히 발을 굴러야 한다.

나도 프리, 할 수 있을까?

☺ 프리랜서들이 가장 많이 모여 있는 곳을 찾아라.

- 채널: 크몽, 숨고, 아이디어스, 텀블벅, 와디즈 등

☺ 내가 몸담고 싶은 분야를 구체적으로 파고들어라.

- SNS 해시태그: #일러스트레이터 #온라인강의 #프리랜서의삶 등

☺ 관심 분야 프리랜서의 사업 규모 및 비전을 상상하라.

☺ 도전이 두렵다면 N잡으로 조금씩 도전해봐도 좋다.

(with)

📖 《프리랜서로 일하는 법》 (이다혜, 유유)

▶ 유튜브 〈요즘 것들의 사생활〉 채널 모든 인터뷰 영상

▶ 유튜브 〈드로우앤드류〉 채널 '억대 프리랜서들이 말하는 디지털

노마드의 장단점' 영상

제4장

잘될 수밖에 없으니까

자기 연민도 습관이다

성공도 습관이다. 비슷한 모양의 작은 성공들을 여러 번 경험하면, 그게 내 습관이 된다. 그 뒤로는 성공으로 가는 길이 조금 쉬워진다. 습관은 아주 쉬운 성공의 법칙인 반면에, 한번 굳어지면 바꾸기 어려운 골칫거리이기도 하다.

무의식 속에서 자리 잡은 습관은 내 마음에 골을 내어 무엇을 하든 그 골로 의식이 흐르게 한다. 그렇게 몇 번 반복하면 그 골은 이내 깊어진다. 결국 몇 번의 행동이 모여 하루가 되고 그 하루들이 모여 삶이 된다. 그래서 사람들은 너무나 당연하게도 '처음부터 좋은 습관을 가지는 것이 중요하다'고 입을 모아 말한다. 그리고 나쁜 것은 습관이 들지 않게, 틈조차 주지 말아야 한다고 한다.

한창 20대를 지나갈 무렵, 나는 틈만 나면 친구를 만났다. 그리고 우리는 이런 말을 자주 했다.

"다 자기 팔자대로 사는 거야."

우리는 늘 우리보다 조금 더 나은 팔자의 사람들을 동경했다. 그리고 만날 때마다 성실하게도 우리가 그 급(level)에 왜 다다를 수 없는지, 우리가 그 사람들과 어디가 얼마나 다른가를 성토하며 '역시 우린 이래서 안 돼'라는 말로 대화를 끝맺었다. 그건 마치 하나의 놀이 같았다. 더 솔직히 말하자면 습관이었다.

나는 나의 젊음을 '내 한계를 규정짓는 데'에만 썼다.

"나는 이래서 여기까지밖에 못 가."

한계를 넘어 도전하라는 어른들의 힘찬 격려는 나에게 추상적인 메시지나 흔해빠진 안부 인사 그 이상도 그 이하도 아니었다.

　나는 늘 친구들과 희노애락을 공유했다. 아픔과 고민도 빠짐없이 나누었다. 학점, 친구, 이성, 진로에 이르기까지 고민이 생기면 무조건 친구들과 머리를 맞대고 이야기를 나눴다. 그러고 나면 한결 마음이 편안해졌다. 하지만 집으로 돌아온 뒤에는 홀로 침대에 누워 잠들기 직전까지 다시 그 고민을 곱씹기 일쑤였다. 잠들지도 못하고 뒤척이며 고민을 곱씹을 때면 다시 마음이 불편해졌다. 나를 위한 시간인 것 같았던 친구들과의 고민 상담 및 신세 한탄은 실로 아무런 소득이 없었다.

　경험치가 고만고만한 애들끼리 백날 머리를 맞대고 굴려봤자 결론은 하나뿐이었다. "답이 없다." 우리는 늘 기분만 냈다. 불평과 불만으로 가득한 하소연만 뱉어내며 마치 그 일을 해결한 듯한 기분만 냈다. 그리고 한참이 지나서야 깨달았다. 그때의 우리에게는 정말로 답이 없었다는 것을.

없는 답을 찾으려고 하는 과정만이 우리의 유일한 놀이이자 습관이었다. 우리는 서로를 벗어났어야 했다. 그러나 우리는 몇 년이 지나도록 그 사실을 몰랐다. 삶의 돌부리에 걸려 넘어질 때마다 우리는 또 서로를 찾았다. 정말 고민의 답을 구하고 싶었다면 우리는 더 적극적으로 답을 줄 수 있는 사람을 만나거나 답이 있는 곳을 찾아 갔어야 했다.

시간이 흐를수록 이런 시간도 지겨워졌다. 모두가 시궁창인 상황에서 끼리끼리 건네는 위로와 위안은 의미 없는 하소연에 불과했다. 답을 구할 줄도 모르고 영양가 없는 하소연만 반복하며 누구의 불행이 더 큰지, 누가 더 불행할 것 같은지 '불행 배틀'만 반복하며 허송세월을 보내고 있다는 것을 점점 깨달았다. 여전히 나는 깊은 잠에 들지 못했다.

"자기가 세상에서 제일 불쌍한 것 같지? 자기 연민, 그거 아주 몹쓸 병이야. 행복이 다가와도 불행만 파고들지."

영화 〈이상한 나라의 수학자〉에는 이런 대사가 나온다. 자기 연민에 빠져 있는 사람에게는 행복해질 수 있는 방법을 알려줘도 그것을 못 받아들이는 습관이 있다. 문제가 있다면 해결책을 찾는 게 상식인데, 알면서도 그렇게 행동하지 않는다.

그때로 돌아간다면 나는 위로와 위안보다는 해결책을 찾아 나설 것이다. 지친 몸을 쉬게 해줬으면 해줬지 불행을 놀이 삼아 시간을 보내진 않을 것이다.

내가 겪어온 지난날처럼, 해결할 수 없는 문제를 두고 회피하듯 그 주위만 뱅뱅 맴돌거나 그 과정에서 자기를 끊임없이 비하하고 있다면 당장 멈춰라. 해결을 미루는 것도, 자기 비하와 자기 연민에 빠지는 것도 습관이다. 정말 무언가를 해결할 마음이 있는 사람들은 불평불만만 내뱉고 있지 않는다. 상황이나 환경 핑계를 대지 않고 내가 원하는 바를 위해 할 수 있는 가장 최선의 방법을 도모한다.

"다 자기 팔자 대로 사는 거야."

"내 한계는 여기까지야."

"이 세상에서 내가 제일 불행해."

이런 생각이 조금이라도 든다면 뇌를 멈출 수 있게 몸을 움직여라. 이런 자기 연민성 고민은 남에게 털어놓아도 답이 나오지 않는다. 만약 친한 친구가 나에게 저런 말을 털어놓았다면 나는 뭐라고 답해줄 것인가? 그 말을 오늘은 스스로에게 해보자.

가끔은 내가 처한 문제들에서 한발 빠져나와 생각해보면 그토록 필요했던 답이 자연스레 찾아지기도 한다.

남에게 고민을 털어놓기 전에

취업, 진로, 사회생활, 관계에서 고민이 있는가?

남에게 털어놓기 전에, 아래 질문들에 먼저 답해보자.

☺ 지금 뭐가 가장 힘들어?

☺ 그 문제가 다 해결되었을 때의 모습을 상상해봐.

☺ 그 모습이 마음에 들어?

☺ 마음에 든다면, 그렇게 되기 위해서 무엇이 필요할까?

☺ 그중에 네가 직접 할 수 있는(바꿀 수 있는) 것과, 할 수 없는(시도할

수 없는) 것은 무엇일까?

☺ 직접 시도할 수 있는 것 중에 가장 쉬운 일은 뭘까? 당장 해볼까?

☺ 문제 해결의 실마리를 찾을 수 있겠어?

나를 제대로 사랑하는 방법

내가 나를 제대로 대접해주고 사랑해준다면 그것은 굳이 드러내지 않아도 티가 나기 마련이다. 나를 위한 에너지를 만들고 나의 몸과 마음을 건강하게 가꾸는 데 사용한다면 나에게 좋은 인연은 저절로 따라오고 예기치 못한 좋은 일들도 생겨날 것이다.

나는 살아오면서 '나를 제대로 사랑하는 방법'을 찾기 위해 수없이 많은 시행착오를 겪었다. 내 경험이 조금이나마 도움이 되기를 바라며 자신을 아끼고 가꿀 수 있는 방법 몇 가지를 나누고 싶다.

1. 내면은 적당히 살피자

인간은 일정 분량의 에너지가 생기면 그 에너지를 자연스럽게 머리와 몸이 나누어 쓰게 설정되어 있는 듯하다. 몸이 가만히 있으면 잉여 에너지가 온갖 생각으로 머릿속을 활활 불태운다. 생각이 꼬리에 꼬리를 물고 더 이상 생각할 여력이 없을 때까지 땅을 파게 만든다.

몸은 가만히 있으면서 머릿속으로만 상상하면 나는 나에게 집중할 수밖에 없다. 외부에서 입력되는 정보가 없으니 내면을 자세히 들여다보게 된다. 마음을 가다듬기 위해 가끔씩 내면을 살피는 것은 좋지만 너무 자주 들여다보면 보이지 않던 작은 흠도 도드라진다. 그럼 나는 흠밖에 없는 사람이 되어버린다. 나를 싫어하는 첫 번째 단계에 입성한 것이다.

그렇게 머릿속으로 나를 자꾸 싫어하다 보면 오히려 몸이 축난다. 남은 에너지를 몸에 쓰지 않았는데도 기력이 없어지고 행동 의지가 떨어진다. 나 역시 그렇게 허송세월을 많이 보냈다. 해맑게 웃으며 여기저기 쏘다니고 삶의 경험치를 하나라도 더 쌓아도 아까운 날들에 나는 방구석에서 나를 미워하느라 시간을 허비했다. 그러지 말고 조금 더 시선을 밖으로 돌렸으면 어땠을까? 밖으로 움직여봤으면 어땠을까?

2. 애매한 상태에 나를 방치하지 말자

몸을 쓰지 않고 머리만 굴리는 것 말고도, 자존감을 떨어뜨리는 행동이 있다. 바로 애매한 상태에 나를 방치하는 것이다. 아무것도 결정할 수 없는 상태로 나를 오래 방치하면 주체적으로 선택하는 방법을 잊어버리게 된다. 남의 생각이나 흐르는 시간에 모든 것을 맡기고 나는 그저 끌려간다. 이런 나쁜 습관은 나를 좀먹는다. 주권을 외부에 넘겨준 상태에 익숙해지다 보면 무력감이 나를 지배해 나에게 선택권이 있다는 것조차 잊게 만든다.

혹시라도 잘못된 선택으로 삶이 불행해질까 봐 피동적으로 자신을 방치한 채 살고 있다면, 그 어떤 선택을 하더라도 애매하게 자신을 방치한 지금의 삶보다 더 불행해질 수는 없다는 것을 알아야 한다.

내 인생 안에서 나에게 결정권이 없는 상황은 그 어디에도 없다. 내 인생의 방향키는 내가 늘 쥐고 있어야 한다. 만일 내가 아무것도 선택할 수 없는 상황에 놓여 있다고 생각한다면 정신 차리고 그 상황을 빠져 나와야 한다. A도 B도 선택할 수 없을 땐 그 안에서 빠져나오는 선택지도 있다는 것을 잊지 말아야 한다.

3. 너무 많이 고민하지 말자

어떤 것에 대해 너무 많이 고민하지 말아야 한다. 고민이 깊은 사람들은 본인이 신중하다고 생각하지만, 지나친 신중함은 오히려 독이다. 뭐라도 해봐야 일이 일어난다. 상상만으로는 절대 아무것도 할 수가 없다.

삶의 문제와 마찬가지로 나 자신에 대한 문제도 직면하는 연습을 해야 한다. 콤플렉스나 상처와 직접 마주하고 적극적으로 위로하고 극복한다면 그것을 누군가가 건드려도 아무렇지 않을 수 있다. 상처 위에 흉터가 남더라도 새살이 돋아날 수 있다.

이런 준비가 덜 되어 있으면 누군가 조금만 상처를 건드려도 욱하고 버럭하게 된다. 나 역시 그런 경험이 있다. 별말 아닌데도 나는 종종 버럭했다. 공개적으로 드러낸 내 감정은 상처가 정확히 건드려졌다는 증거였다. 진작 상처를 직면했다면 그렇게 날카롭게 대응하진 않았을 것이다.

4. 오해받지 않겠다는 강박에서 벗어나자

나는 늘 오해를 사지 않고 싶었다. 내가 이렇다고 하면 혹시 저렇다고 이해할까 봐, 내 의도를 왜곡할까 봐, 내 뜻을 아예 오해할까 봐 나는 내 생각을 처음부터 끝까지 하나도 빠짐없이 설명하곤 했다. 돌이켜보면 나는 '대화'보다는 '자기 설명'이 중요했다.

비교적 최근까지도 나는 무의식적으로 자기 설명을 반

복했다. 대화에 집중하지 못하고 개인적인 이야기를 남발하기도 하며 내 생각을 상대에게 이해시키려고 애썼다. 이해받아야 한다는 마음보다는 오해받지 않겠다는 강박으로 인한 행동이었다.

나는 나에게 그런 버릇이 있는지조차 몰랐다. 나를 좋아하는 사람은 내가 어떤 말을 해도 있는 그대로 나를 이해하고, 나를 싫어하는 사람은 내가 어떤 말을 해도 나를 오해한다는 사실을 알게 되기 전까지 말이다.

나에게 그런 버릇이 있다는 걸 깨달은 뒤로, 나는 설명하지 않는 연습을 했다. 그리고 그 과정에서 오해받지 않기 위한 마음은 결국 모두에게 인정받고 싶은 욕망에서 비롯됨을 깨달았다. 모두에게 인정받고 싶다는 욕심을 내려놓으니 그제야 설명하기를 쉽게 그만둘 수 있었다.

5. 열등감과 인정욕구는 잠시 내려놓자

인정욕구는 누구에게나 있지만, 내가 가진 인정욕구는

열등감과 깊이 연결되어 있었다. 살면서 단 하나만 버릴 수 있다면 가장 먼저 열등감을 꼽을 나는, 어쩌다 보니 용의 꼬리로 살았던 적이 많다. 그러다 보니 자연스레 나와 급이 다른 것 같은 사람들에게 상대적 박탈감을 느꼈다. 그런 박탈감은 점차 열등감으로 내 안에 뿌리를 내렸다.

세상을 잘 몰랐던 나는 나보다 조금 더 나은 사람, 나보다 잘나 보이는 사람들을 보며 '나보다 뭔가 대단한 게 있겠지', '나는 상대도 안 되겠지' 하며 끊임없이 나를 무시했다. 결국 그 무시는 나는 자격이 없다는 결론과 열등감으로 이어졌고, 어디에서라도 인정받고 싶은 욕망이 되었다.

그런데 그 인정욕구는 '성공'으로 곧바로 연결되지 않았다. 스스로 생각해도 자격이 없는 나는 타협을 습관처럼 반복했고, 내 인생에 한계를 설정했다. 내가 지겠다고 마음먹고 시작하는 게임에서 무슨 수를 쓴들 이길 수 있을까. 시간이 걸리긴 했지만, 내가 나를 무시하지 않으니 다른 사람도 나를 무시하지 않았다.

나를 제대로 사랑하는 방법을 몰랐던 나는 불행을 가까이 두고 살았다. 그러다 어느 순간 나에게 올바른 사랑을 주고 싶어졌다. 비뚤어진 자기애가 아닌 올바른 방법으로 나를 격려하고 칭찬하고 사랑하고 예뻐해주는 방법을 알고 싶었다.

그래서 나는 여태껏 해왔던 나쁜 습관들을 버리기로 마음먹었다. 습관을 바꾸면서 변해가는 내 모습을 보면서 느낀 건 삶은 정말 솔직하다는 것이었다. 나 자신을 위해서 투자하는 만큼 삶은 변해갔다.

좋아하는 것을 위해 노력하는 일은 언제나 즐겁다. 좋아하는 대상을 위해 투자하는 것이라면 마음이든 물질이든 시간이든 아깝지 않을 것이다. 그 대상이 '나'라니 얼마나 신나는 일인가? 기억하자. 나를 제대로 사랑해주기만 해도 내 삶은 달라진다.

흑역사를 스스로 만들지는 마

원하는 분야에서 일하기까지 나는 적성을 찾아 여기저기 많이도 떠돌아다녔다. 한번은 서치펌(헤드헌터)에서 일한 적이 있었다. 그전까지는 아나운서 취업만 준비하면서 프리랜서 형태로 일하다 보니 회사에 입사한 후에야 비로소 사회생활을 배울 수 있었다.

일을 빨리 배우고 싹싹한 편이었지만 신입이 일을 잘해 봐야 뭐 얼마나 잘했겠는가. 그때나 지금이나 회사에서 신입에게 기대하는 건, 가르쳐주는 일을 적극적으로 배우려는 태도 정도일 것이다. 그렇지만 그때 나의 태도는 전혀 그렇지 못했다. 돌아보면 당시 대표님이나 선배가 나에게 큰 소리 한번 안 친 게 이상할 정도였다.

나는 시종일관 불만으로 가득했다. 별뜻 없는 상사의 말도 비아냥으로 받아들였고, 일하면서 다치는 마음만큼 몸도 자주 아팠다. 선배들 눈에 그런 마음이 안 보였을 리 만무했다. 대표님은 고상한 멋쟁이셨는데 어느 날 나에게 이런 말씀을 하셨다.

"우리 일은 일할 준비가 된 사람을 적재적소에 추천하는 일이야. 그 사람의 학력, 경력, 평판도 중요하지만 내가 더 중요하게 생각하는 게 뭔 줄 알아? 바로 보여지는 모습이야. 직군에 따라 어울리는 모습은 다르지만 일 잘하는 사람은 한눈에 알아볼 수 있어. 옷차림이나 얼굴 표정만 봐도 일을 대하는 태도를 알 수 있거든."

눈치 없는 신입이었던 나도 이 말은 한 번에 알아들을 수 있었다.

'나에게 하시는 말씀이구나. 나에게 문제가 있구나'

그제야 나는 주위의 선배들을 둘러봤다. 최소 7년에서 많게는 10년 넘게 한 업계에 몸담은 베테랑들이었는데 다들 멀끔한 옷차림에 무엇보다 표정과 목소리가 힘차고 경쾌했다. 선배들이 퇴근하고 난 책상은 늘 정돈되어 있었다. 선배들은 불만 많은 막내인 나를 사적으로도 잘 챙겨주었는데, 회사 밖에서 편하게 대화할 때도 자기 일에 대한 비하 발언은 일절 하지 않았다. 가끔 나의 투덜거림이 선을 넘을 때도 내 행동을 지적하고 화내기보다는 조용히 불러 따뜻하게 타이르곤 했다.

이렇게 멋진 사람들 틈에서 일하면서 나는 도대체 뭘 배웠던 걸까. 누구도 나더러 여기서 일해달라고 사정한 적 없었고, 내 선택으로 지원서를 내고 면접을 봐서 들어간 직장이었다. 해결되지 않을 불만이 있었다면 내가 떠나면 될 일이었다. 내가 뭐 얼마나 대단한 사람이라고, 회사에 대단한 돈을 벌어다주는 것도 아니면서 알아서 대접해주길 바랐던 건지 부끄러웠다. 일이 서툴러 저지른 실수로 스트레스를 받았던 일이나 세상이 나를 상처준다며 투덜거렸던 일, 맡은 업무나 근태에 소홀했던 일은 지금도 창피하다.

사장님의 말씀을 계기로 나는 퇴사를 결심했다. 원치 않는 곳에서 울상 지으며 일하는 건 나에게도 회사에게도 바람직하지 않다는 것을 뒤늦게 알았다. 정말 원하는 일을 하며 책임감 있는 사람으로 살고 싶었다. 6개월 동안의 흑역사는 그렇게 깨달음을 한가득 얻고 끝이 났다.

그 회사를 나온 후 곧바로 탄탄대로가 펼쳐진 것은 아니다. 종종 내 의욕이 능력을 앞섰고, 부당한 일을 당할 때면 감정을 주체하지 못하고 후회할 행동도 많이 했다. 하지만 이런 일이 생길 때마다 나처럼 직장을 박차고 나올 수는 없었다. 나는 언제 어디에 있어도 부끄럽지 않은 일잘러(일 잘하는 사람)가 되고 싶었다.

회사에서 이것만은 피해주세요

앞에서 언급한 내 사례처럼 돈 벌러 간 회사에서 업무 스킬이 아닌 것들로 구태여 내 손으로 흑역사를 만들 필요는 없다. 내가 뭐라고 베테랑 선배들 앞에서 표정을 구기고 맡은 일에 대해 투덜거렸을까. 지금 생각해보면 식은땀만 흐른다. 회사원이든 프리랜서든 누군가에게 돈을 받고 일할 때는 그 사이사이 모든 과정이 내가 만든 결과가 된다. 내가 일을 대하는 태도와 마음까지도 내가 만든 결과에 포함된다. 그러니 적어도 회사에서 나와 같은 실수를 저지르지 않게 미연에 방지해야 한다.

진정한 일잘러로 거듭나고 싶다면 (흑역사를 미리 체험해 본 입장에서) 정말 이것만은 주의했으면 하는 행동들을 정리해보았다. 나중에 돌아봤을 때 나처럼 이불킥을 하지 않기를 진심으로 바라며.

1. 소확횡은 절대 안 돼

인스타툰을 보다가 일명 '소확횡'(소소하지만 확실한 횡령)을 너무도 당당히 저지르고 이걸 희화화하는 사람들이 생각보다 많다는 사실에 경악했다. 탕비실에 있는 간식이나 커피 믹스를 박스째로 집에 가져가고, 사무용품이나 회사의 공공 물품을 가져다 당근에 파는 사람까지 있는 게 아닌가. 회사에서 월급 이상의 일을 시키니까 이 정도쯤은 챙겨야 한다는 논리인데, 이건 당연히 범죄다. 역으로 직원이 일을 덜 한다고 해서 사장님이 직원의 물건을 가져간다고 생각해보면 답이 나올 것이다. 회사 복지와 횡령은 분명 다르다. 나의 노동력과 회사의 월급이 등가가 아니라는 이유로 혹은 피해의식이나 보상 심리로 이런 짓을 저질러서는 안 된다. 이건 회사에도 손해를 끼치는 일이지만 열심히 쌓아온 당신의 커리어에 씻을 수 없는 오점을 남기는 행동이기도 하다. 손버릇 안 좋은 사람을 누가 고용하려고 하겠는가.

2. 선배가 사주는 공짜 밥은 당연한 게 아니다

내가 일했을 당시 언론계에서는 선배가 후배에게 밥을 사주는 게 당연한 관례였다. 나도 당시엔 뭣도 모르고 밥과 술을 많이 얻어먹었다. 가끔은 불편한 자리에 나를 자꾸 불러내는 선배가 성가시기도 했다. 그런데 돌이켜 생각해보면 그들이 뼈 빠지게 번 피 같은 돈으로 사는 밥을 얻어먹을 자격이 나에게 있었을까? 한둘도 아닌 후배들을 사 먹이는 선배의 마음, 얻어먹을 때는 잘 모를 수 있다. 그래도 '나보다 많이 버니까 당연하지', '선배니까 당연히 사야지' 같은 마음은 얼른 내려놓자. 세상에 당연한 일은 없다. 후배인 내가 똑같이 사는 건 어렵더라도 최소한의 감사 표시는 하는 게 맞다.

3. 공과 사를 구분하자

티타임, 식사, 회식 등 업무 외의 시간을 직장 동료와 함께 보내다 보면 동료를 친구로 착각하기 쉽다. 물론 회사에서 친구가 생기기도 하고, 그러면서 그 사이에 라포가 형성되긴 하지만 분명히 선을 지켜야 한다. 개인적인 관계나 내 사정을 내세워 업무에 무리한 배려를 요구하거나 사생활을 지나치게 업무로 끌고 오는 것은 서로에게 좋지 않다. 길게 보면 내 발전을 해치는 일이다.

또 직장 동료가 내 인간관계의 전부가 되지 않도록 하자. 같은 직장, 같은 업계에서 일하는 사람들과만 교류하다 보면 우물 안 개구리가 될 수 있다. 잠시라도 일에서 멀어질 수 있어야 일의 능률도 올라가고 스트레스도 조절할 수 있으므로 오롯한 나의 사생활은 별개로 지키는 것이 좋다.

간혹 공과 사를 구분하라는 말을 오해해서 건조하고 무례한 말과 행동을 사무적인 것이라고 이해하고 그렇게 행동하는 사람들이 있다. 애써 싱글벙글 웃으며 상대를 대할 필요는 없지만 상대에게 예의 있게 행동하는 건 프로로서 일하는 태도의 기본이다.

4. 프로의 마인드를 장착해라

아무리 신입이라도, 아무리 작은 프로젝트를 맡고 있더라도 돈을 받고 일하는 이상 우리는 프로다. 책임감을 가져야 한다. 맡은 바 끝까지 해결하려는 자세가 필요하다. 쉽게 해결되는 일은 드물다. 문제에 부딪혔을 때도 찾다 보면 해결 방법이 있기 마련이고, 그 해결책을 찾는 능력이 바로 업무 능력이다.

5. 모르는 것은 반드시 물어보자

모르는 것을 모른다고 말할 수 있어야 한다. 순간의 핀잔이 두려워 대충 아는 척하고 넘어갔다가 돌이킬 수 없는 결과를 낳을 수 있다. 어디서부터 어디까지 몰라도 되는지 가늠하기 어려울수록 더 솔직해져야 한다. 순간의 실수는 복리로 돌아오는 법.

6. 나는 정말 일을 잘하는 사람인가?

자기가 일을 못 한다고 말하는 사람은 한 명도 못 봤다. 반면 자신은 일을 잘하는데 회사 시스템이 문제라든가, 자기가 없으면 회사가 안 돌아간다고 말하는 사람들은 많이 봤다. 하지만 냉정하게 생각해보자. 혹시 힘듦을 능력으로 착각하고 있진 않은지. 자기 능력에 대한 객관화가 되어야 회사 생활에 억울함이 줄어든다. 그래야 자기계발, 직무스킬 업그레이드 등의 향후 대책도 세울 수가 있다.

7. 당신이 선택한 일이다

누구도 억지로 당신을 그곳에서 일하게 하지 않았다. 당신은 노역을 하고 있는 게 아니다. 어떤 이유에서든 당신의 선택으로 하고 있는 일이다. 부당한 대우를 받고 있다고 느끼면 건의하고 개선하면 된다. 이게 받아들여지지 않을 때는 그만두면 된다. 그러니 직장에서의 자아에 삶의 모든 것을 걸고 불행해하거나 지나치게 자존감 낮아질 필요가 없다. 위에 나열한 매너를 지키라고 하는 이유도 회사를 위함이 아닌 당신 자신을 위해서다. 이 회사에서의 일은 끝날 수 있지만 당신의 커리어는 계속 된다. 억울한 꼬리표를 달고 살지 않으려면 영리하게 처신할 필요가 있다.

일 잘하는 사람들의 8가지 특징

사회생활을 하면서 가장 듣기 싫은 평가가 뭘까? 아마 "넌 일을 왜 그렇게 못하니?"가 아닐까? 일을 잘한다는 건 단순히 맡은 업무를 주어진 시간 안에 해낸다는 뜻이 아니다. 맡은 프로젝트를 모두 성공시킨다는 뜻도 아니다. 일을 못한다는 평가를 받았다는 건, 단순히 자존심의 문제로 끝날 일이 아니다. 조직에서 나의 쓰임새가 제 몫을 하는지, 혹시나 이 조직에 피해가 되고 있지는 않은가에 관한 문제에 더 가깝다.

나 역시 그렇다. 책임감이 없다거나 일을 제대로 해내지 못한다는 평가를 받는 것을 죄악시한다. 마치 성격유형 검사의 질문처럼 '옳은 일을 하는 것과 다른 사람의 감정을 상하지 않게 하는 것 중 무엇이 더 중요한가'를 놓고 하나만 고르라면 나는 전자를 택하는 편이다. 물론 다른 사람의 감정을 상하지 않게 하면서 맡은 일을 해내는 것이 프로의 자세이자 그 사람의 책임, 곧 일의 일부이지만 중요한 것은 일의 목표를 이루는 것이다.

간단히 말해, 일을 못하는 건 싫다. 아마 이 글을 읽고 있는 이들도 마찬가지일 것이다. 그렇다면 내가 정말 일을 잘하고 있는가를 아래 여덟 가지 항목으로 체크해보자.

1. 커뮤니케이션을 잘하는가

일을 하다 보면 전달해야 할 사항이 꽤 많다. 최소 둘 이상의 사람이 모여 조직으로 일하다 보니 각자 맡은 업무의 진행 상황을 공유한다거나 계획된 일들을 공유하는 것이 업무의 대부분이라 해도 과언이 아니다. 그래서 얼마나 명료하게 업무를 전달하느냐가 매우 중요하다. 한 끗 차이로 여러 사람의 득실이 결정될 수도 있기 때문이다. 혹여나 감정이 상할까 애매하게 빙빙 돌려 말하는 화법을 가진 사람은 상대를 헷갈리게 할 수 있다. 정신없는 업무 시간에 여유 있게 서론을 음미할 수 있는 사람은 많지 않을 것이다. 그리고 전달하기 불편한 내용일수록 더더욱 간결하고 명확하게 전달해야 상대로 하여금 불필요한 오해를 하지 않게 미연에 방지할 수 있다.

2. 업무 기한을 잘 지키는가

아무리 일을 잘해도 기한 내에 해내지 못하면 마치 유통기한이 지난 음식을 서빙하는 것과 같다. 앞서 말했듯 여러 사람이 모여 하나의 목표에 도달하기 위해서는 서로 협의한 일정 내에 최대치의 결과를 내야 한다. '나만 조금 늦은건데 큰일이야 있겠어?'라는 마음가짐은 굉장히 이기적이다. 내가 일정을 어기면 그다음 사람의 일정에 딜레이가 생기고 또 다음 사람에게 지장을 준다는 것을 잊지 말아야한다. 기한을 지키는 것은 기본 중에 기본이다. 우리는 서로맞물려 '함께' 일하고 있다는 사실을 잊지 말자.

3. 사적인 감정을 개입시키지는 않는가

일하면서 사적인 감정을 개입시키지 말라는 것은 선 긋고 딱딱하게 업무를 하라는 말이 아니다. 사람과 사람이 만나 일을 하는데 어떻게 모든 일을 무 자르듯 탁탁 처리할 수 있겠는가. 매너 있고 호의적으로 일을 하되 내 감정에 의해서 일이 좌지우지되는 경우가 없어야 한다는 뜻이다.

내 감정을 드러내 상대방의 업무 페이스에까지 영향을 주지 않아야 하는 것은 예의다. 한 공간에서 일하면서 화난 얼굴로 서류를 집어 던지거나 전화기를 쾅쾅 내려놓거나 인사를 해도 대꾸를 안 한다면 업무 진행과 별개로 괜히 상대의 기분만 상하게 할 뿐이다.

만약 전략적으로 감정을 드러내야 일이 성사된다면 그렇게 해도 좋겠지만 대부분의 단순한 감정 표현은 잘 진행되던 일도 그르칠 확률이 높다. 반대로 상대가 나에게 직접적으로 감정을 표출한다고 하더라도 영향받을 필요가 없다. 그 사람이 기분 나쁜 건 나쁜 거고 나는 내 일만 하면 된다. 우리는 일하는 관계이고, 업무 진행에 문제만 없다면 신경 쓰지 않아도 된다.

'프로'는 별게 아니다. 벌어먹고 살아야 할 때 어떤 상황에서도 일을 해내는 사람, 그 책임에 충실한 사람이 프로다. 일 잘하는 사람들은 쉽게 기분 나빠하지 않는다. 오히려 여유 있는 표정을 띠고 생산적인 방향으로 이야기를 풀어나간다. 수틀리고 기분 나빠도 나에게 득이 되는 결과로 이끌어나가는 게 가능하냐고? 얼마든지 가능하다.

4. 확신과 자신감을 가졌나

사회생활을 하면서 만난 '일 잘하는 사람'들은 공통적으로 확신에 차 있었다. 그 확신은 표정과 어투에서 자연스럽게 드러났다. 그래서 몇 마디만 주고받아도 이 사람이 일을 잘하는 사람인지 못하는 사람인지 판가름이 났다. 긴장된 모습이나 불안함에 흔들리는 눈빛은 찾아볼 수가 없었고, 무엇을 이야기하든 자신이 있었다.

5. 자신의 위치에서 해야 할 역할을 아는가

일 잘하는 선배들은 대부분 합리적인 조율자였다. 본인의 위치와 역할을 정확히 알고 그 위치에서 할 수 있는 최선을 다했다. 윗선에서 무리한 요구를 해도 중간에서 합리적인 방향으로 조율하고, 가끔은 카리스마로 후배의 하극상을 미연에 방지하며 위아래의 대립을 막는 데 충실했다. 당연히 업무에 대한 이해도도 높아서 일할 것도 간단명료하게 지시하며, 후임이 업무를 수월하게 해낼 수 있게 서포트했다. 나는 자연스럽게 그 선배들을 따랐다.

반대로 일 잘하는 후배는 대부분 빠릿빠릿하게 말귀를 잘 알아들었다. 핵심을 빠르게 파악하여 보조를 잘해주는 후배들과 함께 일하면 크로스 체크가 가능해 서로의 실수가 줄었다. 업무 결과에 서로 만족하니 함께 일하는 동안 팀원 모두 눈에 띄게 성장할 수 있었다.

6. 웃는 낯인가

어떤 대표는 직원들에게 좀 웃고 있으라며 잔소리를 달고 산다. 또 다른 대표는 직원들이 단정하게 꾸미고 다니는 것을 중요하게 생각했다. 예전의 나는 '일만 잘하면 됐지 왜 저렇게 지적을 할까' 하고 툴툴거렸는데 지금의 나는 웃는 게 어려운 일도 아닌데 좀 웃을 걸, 이왕 사람들하고 일하는 거 단정한 모습에 신경 좀 쓸 걸, 하고 생각한다.

어차피 해야 할 일인데 기분 좋게 해내자는, 일에 대한 예의를 겉모습으로도 갖춰달라는 뜻이라는 것을 이제야 알게 되었다. 매사 불만스럽고 문제를 해결하지도 않으면서 기분만 나빠하는 건, 본인은 물론 그 누구에게도 도움이 되지 않는다. 그런 삶의 자세는 누구보다 나를 불행하게 만든다. 얼굴도 근육인지라 내가 자주 짓는 표정으로 얼굴이 서서히 변한다. 내가 무슨 표정을 짓고 있는지 의식적으로 점검할 필요가 있다.

7. 단순히 불평하고 있지는 않은가

불평불만은 하는 사람만 한다. 이는 성향이자 습관이다. 실제로 한 가지에 대해 불평하다 보면 불평은 고구마 줄기처럼 줄줄이 연달아 나오기 마련이고 나도 모르게 불평만

하게 된다. 실제로 불만인지와 상관없이 습관적으로 내뱉는다. 의미 없는 한탄과 투정은 주위 사람들에게 부정적인 영향을 끼칠 뿐더러 나의 가치를 떨어트리는 데 일조하는 습관이다. 상황이 여의치 않아서 웃는 게 어려울 수 있지만 상황에 대한 반응은 나의 선택임을 잊지 말자.

내가 결정한 소소한 선택이 모여 나의 하루가 되고 삶이 된다. 그 결과는 모두 내 책임이다. 같은 환경에서도 좋은 반응을 의식적으로 선택하기를 연습해서 삶이 좋은 것으로 가득하도록 해야 한다.

8. 일의 양면성을 이해하는가

일은 대부분 선택하는 것이 아니라 주어지는 것이기에 하기 싫은 경우가 많다. 심지어 진심으로 하고 싶고 좋아하는 일을 하더라도 그 안에는 감수해야 하는 '하기 싫은 일'이 분명히 있다. 예를 들어 내가 노래를 잘하고 좋아해서 가수가 되고 싶은데 '무대'에서만 노래를 부르고 싶어 한다면? 막상 가수가 되면 원치 않는 상황에서 노래해야 하는 일도 생기기 마련이라 무대에서만 노래를 부를 순 없다.

마찬가지로 아무리 좋아하고 하고 싶던 일을 업으로 삼아도 동전의 앞뒷면처럼 그 이면에는 하고 싶지 않은 일이 부수적으로 따라올 수밖에 없다. 그게 일의 본질이다. 그래서 나는 기본적으로 일을 할 때 즐겁게 하려고 한다. 정말 우러나와서 즐기는 일만 할 수는 없기 때문이다. 나에게 주어진 일은 내가 어떤 마음가짐으로 해내느냐에 따라 그 과정도 결과도 달라질 수 있다.

위의 여덟 가지 질문에 답을 해보았다면 내가 일을 어떤 태도로 대하는지 알 수 있을 것이다. 일 잘하는 사람들의 특징이 어떤 것인지도 파악했을 것이다. 사회에서 내 역할을 해내면서 물질적·정신적 보상을 받는다면 더할 나위 없이 좋겠지만 원하는 만큼의 월급이나 원하는 만큼의 성취감이 없더라도 일정 부분 내 스스로 채워넣을 수 있다는 것을 잊지 말자. 일 잘하는 사람으로서의 캐릭터를 나에게

씌우는 것도 결국 나다.

누구나 한 번에 잘하는 사람이 될 수는 없다. 주어진 일을 포기하지 않고 하나씩 성실히 해내다 보면 어느새 스스로에 대한 확신이 생기고 자신감이 장착된다. 하다 보면 안 될 것 같은 일도 해낼 수 있게 된다. 그렇게 작은 성공 경험들이 쌓이면 어느 순간, 나는 '해낼 수 있는 사람'이 된다. 이 경험들이 모두 나의 커리어, 나의 레퍼런스가 된다.

마지막으로 일잘러가 되고 싶은 이들에게 이 말을 덧붙이고 싶다. 회사에서의 실수는 '회사에서의 나'에게 맡겨라. 일을 하다 보면 크고 작은 실수를 할 때도 있고, 자존심이 상할 때도 있다. 그럴 때마다 일을 그만둬야 하나 고민할 것이다. 누구나 흠도 있고 실수할 수 있다. 일을 하면서 저지른 실수로 인해 듣는 이야기는 일터에 나간 나의 몫인 것이지 집으로 돌아온 나의 몫은 아니다.

회사에서 하루 종일 일이 안 풀리고 좋지 않은 소리를 들었어도, 집으로 돌아온 뒤에는 좋아하는 음악을 듣거나 영화나 드라마를 보거나 술 한잔에 좋아하는 음식을 곁들여 먹으며 내일의 나에게 맡겨둘 줄도 알아야 한다. 회사에서 저지른 내 실수로 내 정체성이나 가치가 훼손되는 게 아니다. 반드시 일하는 자아와 사적인 자아를 의식적으로 분리해야 두려움 없이 일을 해낼 수 있다.

그래도 회사가 전부는 아니야

어떤 회사도 완벽하지 않다. 판타지가 클수록 상처도 많이 받는다. 그러니 지금 몸담고 있는 회사에서 실수했다고 해서, 설령 회사를 그만뒀다고 해서 세상이 무너지는 것이 아니라는 사실을 잊지 말자. 대신 회사에서 상처받고 돌아온 날이라면, 커피나 맥주라도 한잔하면서 아래 콘텐츠를 살펴보자. 하나쯤은 취향에 맞을지 모른다.

with

📖 《기분이 태도가 되지 않게》 (레몬심리, 갤리온)

▶ 유튜브 〈이지영〉 채널의 '타인의 말에 상처받지 않는 법' 영상

🎬 영화 〈마담 프루스트의 비밀정원〉

🎬 영화 〈리틀 포레스트〉

잘되는 사람의 멘탈은 따로 있다

유리 멘탈, 쿠크다스, 겁쟁이,

마음이 여리다, 감수성이 풍부하다, 나약하다

과거의 나를 설명하던 말이다.

멘탈갑, 자신감, 해내는 사람,

감수성이 풍부하다, 상담을 잘해준다, 성실하다, 건강하다

지금의 나를 설명하는 말이다. 10년이 좀 넘는 시간 동안 나에게는 많은 변화가 있었다. 한마디로 말하자면 전보다

멘탈이 강해졌다.

세상에는 세 가지 부류의 사람이 있다.

첫째는 태생부터 멘탈이 강한 사람, 둘째는 태생부터 멘탈이 없는 사람(다른 말로 양심이나 염치가 없는 사람), 마지막으로 태생부터 멘탈이 쿠크다스인 사람, 하지만 삶이 주는 마음의 굳은살 덕에 뒤늦게 강해진 사람.

어려운 일을 겪고 그 일을 헤쳐 나가다 보면 멘탈이 강해질 수밖에 없다. 나 역시 다사다난한 사회생활을 겪으며 서서히 단단해졌다. 나를 포함해 내 주변의 멘탈이 단단한 사람들을 살펴보니 그들에게는 공통적인 특징이 있었다.

1. 남에게 별로 관심이 없다

타인에 대한 인정이나 인간적인 관심이 없다는 게 아니라 타인에게 일어나는 일들 때문에 자기 자신이 영향받는 일이 적다. 주위에서 남들이 어떤 영향을 주든 그들은 한결같았다. 해야 하는 일을 성실히 하고 본인들의 삶에 집중했다.

그래서 그런지 그들은 구태여 불필요한 스트레스에 시달리지 않았다.

2. 실수에 과도하게 연연하지 않는다

실수가 없을 수는 없다. 정교하게 짜여진 기계적 시스템에도 오류는 존재하니까. 다만 실수는 실패가 아니다. 실수 하나에 걸려 넘어져도 씩씩하게 일어나느냐 마느냐는 본인의 선택이다. 멘탈이 강한 사람들은 넘어져도 잘 일어나고 그다음으로 잘 넘어간다. 내 결정이 틀렸다는 사실에 갇히지 않고 빠르게 단념하고 다음 스텝을 찾아낸다. 그들은 한결같이 "그래서 어쩌라고"와 "그럼에도 불구하고"라는 말을 자주 사용한다. '그래도 할 일은 해야지', '다음엔 잘해야지' 하고 마음을 먹고 금세 다시 시작하는 강한 사람들. 그들은 '그럴 수 있지' 하며 작은 실수는 웃어넘길 줄 안다.

실수를 실패라 여기지 않는 태도는 어떤 일이든 마주할 수 있는 자신감의 근거가 된다. 그들은 과거의 실수를 밑거름으로 삼을지언정 그 실수와 앞으로의 내 삶에 인과관계를 굳이 나서서 만들지 않는다.

3. 미리 걱정하지 않는다

누구나 미래를 알 수 없다. 막막해서 불안하고 실패할까 봐 두렵고 넘어질까 봐 걱정된다. 나열하자면 한도 끝도 없는 이 불안감은 애초에 실체 없는 허상이다. 멘탈이 강한 사람들은 과도한 걱정은 당장 아무런 소용이 없다는 사실을 잘 알고 있다.

미래에 대해 걱정하느라 정작 눈앞에 해결해야 하는 문제를 보지 못하는 게 더 큰일이다. 충분히 해결할 수 있는 문제도 걱정만 하느라 해결하지 못한다면? 작은 돌부리 하나도 못 넘으면서 산 넘을 걱정은 왜 하는 걸까?

두 부류의 가장 큰 차이는 문제 해결자인 '나'를 신뢰하는가의 여부로 갈린다. 어떤 문제가 생겨도 해결해 나가면 된다는 건강한 자부심을 가진 자와 그렇지 못해서 작은 변수라도 일어날까 전전긍긍하며 대비책도 아닌 걱정만 한

아름 안고 사는 사람. 미래의 불확실성을 인지한다면 어떤 쪽이 더 효율적인지는 단번에 알 수 있지 않을까?

4. 감정 표현을 어려워하지 않는다

멘탈이 강한 사람들은 제때 감정 표현을 잘한다. 자주 화낸다는 것이 아니다. 부당한 일을 당하거나 화가 날 때 그 감정을 묵혀두고 한참 뒤에 폭발시키는 것이 아니라 알맞은 때에 현명하게 적절하게 털어낸다. 물리적, 심적 불편함을 여유 있게 해소해서 내 안에 부정적인 감정이 쌓이지 않게 관리하는 것이다.

반면에 멘탈이 약한 사람들은 회사에서 화나는 일을 겪었을 때 당장에는 아무 말도 하지 못하고 집에 와서 곱씹는다. '이런 뜻으로 말한 건가?' 말을 곱씹고 망상의 나래를 펼쳐간다. 그 망상의 끝은 늘 엄청난 복수극이다. 그러면 부정적 감정이 내 안에서 끝도 없이 자란다. 그리고 그 감정에 휘둘려서 소중한 내 일상에 소홀해진다.

사람들의 생각은 외부로부터 유입된 정보에 의해 지배된다. 그중 나쁜 것들은 무엇보다도 먼저 내 생각 안에 똬리를 틀고 그 생각의 찌꺼기는 두려움이나 증오 같은 부정적 감정을 만들어낸다. 그만큼 어떤 정보를 보고 듣느냐가 내 삶에 지대한 영향을 미친다. 그래서 더더욱 주체적으로 나의 마음과 생각에 아무 감정이나 들어오지 않게 적당한 울타리를 세워주어야 한다. 주도권을 다른 대상에게 넘겨주기 시작하면 나는 내 감정마저 스스로 돌볼 수 없게 되고 만다. 그러니 내가 원하지 않는 감정은 그때그때 거절하고 털어내는 편이 좋다.

5. 유연한 사고를 가졌다

규정이나 한계가 없는 사고를 한다. 이럴 수도 있고 저럴 수도 있기 때문에 그 상황에 맞게 가장 합리적인 해결책을 찾는다. 사고가 유연하니 타인을 대하는 태도가 너그럽고 여유로울 수밖에 없다. "어떻게 그럴 수 있지?"라는 질문을 던지지 않는다. 편견 없이 관계 맺고 편견 없이 정보를 취한다. 그래서 이들에게는 이미 그들이 가지고 있는 조건과 (특히 악조건) 앞으로 할 일의 인과관계가 거의 없다.

나는 이렇게 멘탈이 강한 사람들의 모습을 참고하면서 필요한 상황마다 그들처럼 대처하기 시작했다. 가끔은 생각지도 못한 실수나 예상하지 못한 무례한 사람 앞에서 멘탈이 바사삭 털리는 날이 있더라도 주저앉지 않았다. 그렇게 한 계단씩 단단해졌다.

관심의 방향을 남이 아닌 나에게로 돌리고, 실수에 과도하게 연연하지 않고, 미리 걱정하지 않고, 감정 표현을 어려워하지 않고, 유연한 사고를 가질 것. 이 노력을 하나씩 해나가다 보면 어느새 나를 비롯한 주변의 일이 술술 잘 풀리고, 작은 일에도 그전보다 상처를 덜 받게 되는 자신을 발견할 수 있을 것이다.

그리고 마지막으로 내 정신의 건강을 지키기 위해 운동을 시작했다. 체력이 약해지면 인성이 좋을 수가 없다. 내 몸과 마음의 근육을 키우는 것은 나와 내 주변 모두에게 도움이 되는 일이다. 여기까지 잘 따라왔다. 다음 페이지에서 언급할 방법적 접근을 마저 읽고, 잘될 수밖에 없는 멘탈을 완벽히 나에게 장착해보자.

잘될 수밖에 없는 멘탈 장착법

예전의 나는 스트레스를 잘 받는 사람이었다. 늘 뭔가가 마음에 들지 않았다. 특별한 이유 없이도 자주 불안했다. 그러다 보니 마음이 조급해지고 여유가 없어졌다. 삶이 불편해졌다.

하지만 나는 불편한 삶에 매몰되고 싶지 않았다. 매일 다른 하루가 시작될 텐데 그때마다 조금이라도 더 나아지는 삶이 되길 원했다. 그래서 나는 잘될 수밖에 없는 멘탈을 나에게 완벽히 장착할 수 있는 방법을 고민했다.

1. 운동하기

마음만 단단해지면 무엇이라도 할 수 있을 것 같았다. 하지만 마음이 단단해지려면 몸이 먼저 단단해져야 했다. Sound body, Sound mind. 건강한 몸에 건강한 정신이 깃든다는 말처럼 체력이 약하면 마음이 건강할 수가 없다. 그래서 운동을 시작했다. 처음엔 걸었다. 출퇴근을 제외한 걷는 운동은 생각보다 시간을 많이 차지했다. 나는 서서히 빨리 걷다가 달리기 시작했고, 엄청난 성취감을 느꼈다. 헬스와 수영도 배우기 시작했다. 여러 운동을 짧게 배워보고 나에게 맞는 운동을 찾는 것도 중요하다.

2. 일 미루지 않기

내가 언제 제일 스트레스를 받았는지 돌아보니 바로 일 때문이었다. 정확히는 일이 쌓여있는데 하기 싫어서 빈둥댈 때가 고역이었다. 머릿속은 바쁜데 몸이 놀고 있을 때. 막상 일을 시작하면 스트레스나 불안감은 물거품처럼 사라졌다. 결국 하면 되는 것이었다. 묻지도 따지지도 말고 이유 없이 그냥 하면 된다.

3. 두려움을 두려워하지 않기

사서 걱정한다는 말이 있다. 대부분의 사람이 그렇다. 미숙한 내가 혹여나 일어날지도 모르는 변수에 휩쓸려버릴까 봐 무엇을 하든 걱정부터 앞선다. 하지만 두렵다고 해서 피하기만 하면 그 두려움은 눈덩이처럼 불어난다. 마주해야만 알게 된다. 그것이 단단한 눈덩이가 아니라 콕 터뜨리면 깨지는 거품에 불과하다는 것을!

머릿속으로 상상한 상황과 달리 실제로 맞닥뜨려보면 걱정했던 것보다는 별일이 아닌 일들이 있다. 사회초년생 때 전화공포증을 겪거나 큰 회의를 두려워하던 사람들도 막상 부딪혀보면 어찌저찌 해낸다. 그런 경험이 몇 번 반복되면 그것을 해결해낸 역량을 재평가하게 되어 스스로 신뢰가 생긴다. 그 신뢰가 쌓일수록 나는 무엇이든 해낼 수 있는 사람이 된다. 이 자신감은 직접 경험하지 않으면 절대 생길 수 없다. 그래서 아주 소소한 것이라도 두려움을 이기는 선택을 하는 습관을 들여야 한다.

위에서 이야기한 세 가지 방법을 실천한다면, 잘될 수밖에 없는 멘탈을 장착할 준비가 끝났다. 그중 두려움을 마주할 용기가 좀처럼 생겨나지 않는다면 프롤로그에서 언급했던 빌리 아일리시의 인터뷰를 떠올려보자.

어차피 우리는 작은 실패들을 반복하며 살아왔고, 아무리 아무리 멋진 일을 해도 그 어떤 이상한 짓을 해도 어차피 다 죽으면 결국 잊힐 것이다. 그녀가 말한 것처럼 모든 것은 잘하든 못하든 시간이 지나면 결국 잊히기 때문에 내 모든 발자취에 큰 의미를 둘 필요도 스트레스를 받을 필요도 없다.

'인생사 새옹지마'라는 말을 잊지 말자. 영화 〈포레스트 검프〉에는 "인생은 초콜릿 상자와 같다"는 유명한 비유가 나온다. 여러 가지 맛의 초콜릿이 담겨 있는 상자처럼, 우리 인생은 각자 색깔은 다를 수 있지만 행복과 불행의 총량은 모두가 비슷하게 짊어지고 간다. 언제 어떤 초콜릿을 먼저 꺼내 먹느냐의 차이일 뿐 모든 인생에는 똑같이 희노

애락이 담겨 있다. 이 사실을 진심으로 깨닫는다면 지금의 좌절감이나 불안감과 같은 스트레스의 무게를 조금이나마 덜 수 있다.

물론 언제든 안정이 혼돈이 될 수도 있고 좋아하지 않는 맛의 초콜릿이 아직 상자에 남아 있을 수도 있지만 "그럴 수도 있다"는 의연함과 "다시 해낼 수 있다"는 담대함을 가진다면 혼돈은 금방 지나갈 것이다.

잘될 수밖에 없는 사람들은 스스로를 좋은 길로 이끈다. 여러 실수와 변수에 가로막혀도 제 기준에 맞게 현명하게 대처하며 기민하게 반응하는 태도가 점점 더 나은 세계로 스스로를 인도하는 것이다. 넘어지고 부딪히며 지나온 날들 덕분에 그들 인생에도 안정기가 찾아왔으니, 우리도 우리 인생에 그런 길을 내면 된다.

나 역시 변수를 만날 때마다 매번 다짐한다. 내가 처한 상황을 확대해석하지 않고 있는 그대로 직시해서 가장 좋은 해결 방안을 찾아내자고 말이다. 그렇게 현명한 해결과 선택이 어제보다 더 나은 내 삶을 만들어준다고 믿는다.

나를 돋보이게 만들고 싶다면

주변에 '있어 보이는' 사람을 떠올려보자. 단순히 돈이 많아 보이는 사람을 말하는 것은 아니다. '있어 보이는' 사람에게는 알게 모르게 느껴지는 연륜과 우아함, 품격과 여유가 있다. 외적으로 화려한 사람들보다 오히려 내면의 이야기가 풍부한 사람들이 더 매력적이고 뭔가 있어 보인다.

어느 주제에도 대화를 재밌게 이어나갈 수 있는 사람, 자신만의 색깔이 뚜렷해서 내면에서 나오는 힘이 강한 사람, 양심이 바른 사람. 그리고 삶의 경력이나 연륜이 묻어나는 각자의 소소한 리빙 센스를 갖고 있어서 자기만의 생활 속

지혜를 주변에 잘 나누어주는 사람들이 있어 보인다.

누구나 그런 사람과 더 대화하고 싶고, 함께 일하고 싶어 한다. 외모만을 뽐내기 위해 나를 꾸미라는 말이 아니다. 적어도 어떤 상황이나 어떤 모습에서 내가 베스트로 보일 수 있는지, 내 장점을 어떻게 표현해야 내가 빛날 수 있는지를 미리 알아두자는 것이다. 나조차 그런 사람과 함께 일하고 싶어 하지 않는가. 내가 얼마나 괜찮은 사람인지를 어필하는 것은 기술이다. 나만이 가진 매력으로 사람을 끌어들일 수 있을까? 어렵지 않다.

누구나 제 매력을 뽐내고 싶어 하지만 대부분은 어떤 매력을 뽐내야 자신이 돋보이는지 모른다. 어쭙잖게 남을 따라서 나를 꾸미면 나의 장점이 전혀 두드러지지 않기도 하고 오히려 내 매력을 깎아먹기도 한다. 그래서 누군가에게 있어 보이는 사람, 매력적인 사람이 되려면 스스로를 잘 알아야 한다. 그에 앞서 챙기면 좋을 몇 가지 팁을 소개한다.

1. 대접할 때와 대접받을 때 이것만은 챙기자

나이 들수록 종종 누군가를 대접할 일이 생긴다. 그럴 때 나의 단골집이나 상황별 나만의 장소가 있으면 대접이 편해진다. 네 명 이상이 모여 인사를 나누는 자리라면 적당히 시끌벅적한 음식점이나 별도의 룸이 있지만 너무 고급스럽지 않은 캐주얼 음식점으로, 일대일로 진지한 대화를 해야 하는 자리라면 프라이빗한 무드의 음식점을 고를 수도 있다. 대접하는 내가 불편하거나 어색해하면 상대는 더욱 불편할 것이다. 그렇기에 대접하기 편안한 나만의 장소를 알고 있는 것이 좋다.

요리도 마찬가지다. 나만의 필살기 요리가 있으면 집으로 손님을 초대했을 때 대접이 훨씬 수월해진다. 예전에 다른 집에 놀러갔을 때 받은 근사한 한 상을 아직도 기억하고 있다. 딱 한 번의 식사였을 뿐인데 다정함과 따뜻함을 한가득 느끼고 돌아왔다. 손님이 부담스럽지 않게, 있는 재료들로 여러 요리를 한 거라서 어렵지 않았다고 말해주는 여유까지 고마웠고 인상적이었다.

반대로 내가 어떤 자리에 초대되었다면, 나는 절대 빈손으로 가지 않는다. 특히 처음 보거나 남의 집을 방문할 때는 작은 선물이라도 반드시 챙긴다. 초대하는 호의를 베푼 사람에게 대접하는 마음과 나의 센스를 표현할 수 있는 선물을 고민한다.

되도록이면 잘 포장된 제철 과일 한 박스, 병이 예쁘고 향이 좋아서 분위기를 살려주는 내추럴 와인, 내 돈 주고는 잘 안 사게 되는 전동 와인 따개 등, 각 상황과 시기에 맞게 눈여겨봐둔 선물을 부담스럽지 않은 선에서 준비한다. 대접할 때와 대접받을 때 모두 상대방의 마음을 고려하고 준비한다면 매력적으로 나의 센스를 드러낼 수 있다.

2. 대화할 때는 진솔하지만 적당한 리액션을 하자

대화만큼 자연스럽게 센스나 나의 취향을 드러낼 수 있는 기회도 없다. 어떤 주제로 대화하고 상대방의 말에 어떻게 반응하느냐에 따라 나의 성향을 은근히 드러낼 수 있다. 너무 과장된 표정이나 말투로 대화하거나 억지 리액션으로 호감을 이끌어내려고 하면 상대방은 불편할 뿐이다. '내가 너의 말을 듣고 있다'는 행위 자체를 어필하기 위한 요란한 호흡의 리액션은 오히려 나에 대한 호감을 깎아내리게 만든다. 상대를 띄워준답시고 지나친 시샘과 부러움을 표현하는 것도 비매너. 그런 식의 대화 흐름은 오히려 자리를 부담스럽게 만들거나 환심을 사기 위한 행동이라고 오해할 수도 있다.

나만의 인사이트가 있는 내 관심 분야로 대화를 이어가는 것도 매력적이다. 때로는 자신만의 분야가 있는 사람들에게 깊은 이야기를 듣는 것이, 그들이 어떤 삶을 어떻게 살아왔는지 구구절절한 사연을 듣는 것보다 훨씬 더 흥미롭게 느껴지기 때문이다. 내 기준과 취향이 확고하지만 그것을 고집하지 않는 유연한 사고방식은 사람들을 저절로 끌어들인다. 서로 각자 분야의 정보를 주고받으면 간접적으로나마 도움을 주는 관계가 되는 것 같아서 더 돈독한 마음이 들기도 한다.

3. 비속어나 유행어는 자제하자

분위기를 띄운답시고 비속어나 유행어를 과도하게 사용하지 않아야 한다. 짧은 유행을 너무 민감하게 좇는 것처럼 보이면 '소통'보다도 다른 것에 집중하는 것처럼 보인다. 대화의 본질은 소통임을 잊지 말자.

앞뒤 없이 유행어를 늘어놓으면 세련되거나 앞서나가는 것처럼 보이기는커녕 대화의 맥이 뚝뚝 끊기는 경우가 더러 있다. 상대와 이야기를 '주고 또 받아야' 대화가 이어진다. 나에게만 발언권이 있으면 상대는 불편해지고, 그 불편이 선을 넘으면 상대와 점점 멀어질 수도 있다.

4. 속 깊은 이야기는 천천히 하자

충분히 무르익지 않은 관계에서 내 모든 것을 갑자기 드러내지 말아야 한다. 시간이 주는 관계의 깊이가 있다. 둘의 관계가 충분히 깊어지지 않았는데 혼자만의 친밀감으로 내 개인적인 이야기나 내 감정을 여과없이 드러내지는 말자. 상대는 아직 이야기를 들을 마음의 준비가 되지 않았을지도 모른다. 단순히 나에게 호감을 표시했다고 해서 내 깊은 이야기를 들어주겠다는 뜻은 아니다. 오해하지 말자.

5. 미련을 담아두지 말자

돈이 됐든 일이 됐든 관계가 됐든, 이 정도면 됐다 하는 '선'을 아는 사람은 대부분 의존적이지 않고 자립심과 강인함을 지녔다. 돈, 일, 관계가 없어도 삶을 꾸려나가는 데 지장이 전혀 없어 보이는 의연함을 가진 사람은 독단적이고 이기적으로 보이기보다는 오히려 자기 삶에 대한 배려와 존중이 넘치는 사람으로 보인다. 미련을 갖지 않는 마음도 이런 태도에서 온다.

돈 계산을 할 때도 괜히 불필요한 기대나 미련을 만들지 않아야 한다. 기분 좋은 만남 뒤에 계산하는 자리에서 우물쭈물하지 말아야 한다. 굳이 전부 대접해서 부담스럽게 만들 필요는 없지만, 내가 사는 것인지 상대가 사는 것인지 명확하게 정하지 않은 채로 불필요한 기대를 하거나 하게 만드는 것은 오히려 매력을 반감시키는 요소가 된다. 대접받을 때도 기분 좋게 받고 대접할 때도 쿨하게 대접하자.

6. 운전은 배워두자

운전을 할 줄 안다는 게 엄청난 매력은 아니겠지만, 매력적인 어른의 삶에서 운전을 빼놓기는 어렵다. 대부분의 사람들이 운전을 할 수 있게 되었을 때나 첫 차가 생겼을 때 어른이 되었다고 느끼듯 나도 그랬다. 딸 수 있을 때 운전면허를 따두면 분명히 쓸 일이 생긴다. 내 소유의 차가 없어도 회사 차나 렌트카를 운전하며 많은 짐을 들고 다닐 수도 있고, 친구나 동료를 데려다줄 수도 있다. 운전을 할 수 있으면 행동반경과 약속 장소도 많이 달라진다. 실제로 나역시 원하는 때에 원하는 곳을 갈 수 있는 자유는 커다란 해방을 경험하게 해주었다.

누군가와 대화할 때, 누군가를 대접하거나 누군가에게 대접받을 때, 미묘한 감정의 서운함이 생길 때, 운전을 해야 할 때 위에 언급한 팁을 되새기며 상대방을 대한다면 적어도 매력 없는 사람으로 보이진 않을 것이다. 나 역시 나를 존중해주는 사람을 가까이 두기를 원하지 않는가.

우리가 각자 가진 매력의 색깔은 다 다르다. 그렇기에 한 가지로 단정 짓기도 어렵고, 매력을 만들고 발산하는 방법에 정답이 있는 것도 아니다. 그렇지만 내 생각에 적어도 매력 있어 보이는 사람들은 공통적으로 자신의 삶을 존중하고, 그만큼 남의 삶을 존중하는 태도를 가졌다. 가장 쉬운 방법일지 모르지만 타인을 존중하는 태도는 내면의 강함을 그 무엇보다 돋보이게 만든다는 것을 잊지 말자.

돈은 이렇게 쓰셔야 해요

사람들은 돈을 좋아하면서도 돈 이야기는 좋아하지 않는다. 노골적으로 돈에 관심을 보이는 사람은 속물이라는 인식이 여전하기 때문일 것이다. 나도 어릴 때는 돈에 대한 지식이 전무했다. 돈 버는 방법도 몰랐지만 어떻게 써야 힘들게 번 돈을 가치 있고 폼나게 쓰는 건지 배운 적도 없었다.

어른이 되어 돈을 벌어보고 그 돈을 허투루 써보기도, 가치 있게 써보기도 해보니 돈은 참 좋은 것이었다. 비행기 타고 바다 건너 여행도 가보고, 월급 받은 날 좋아하는 고급 음식점에 가서 초밥도 먹고, 예쁜 봉투에 지폐를 고이

넣어 부모님께 드리며 생색도 내고, 눈여겨봤던 핸드백도 사고, 차도 사고, 휴대폰도 사고… 내 행복 중 많은 순간을 돈이 만들어줬으니까. 어떻게 보면 내가 갈 수 있는 세계를 확장해주는 수단 중 하나가 돈이었다. 요즘엔 어떤 사람을 만나는지, 어떤 경험을 하는지, 어떤 세계를 접하는지가 돈에 따라 나뉘는 것 같기도 하다.

게다가 생활에서 발생하는 많은 불편함을 돈으로 해결할 수 있다. 돈이 다는 아니지만, 돈으로 신체적·물리적 여유를 가질 수 있는 것도 사실이다. 돈은 스스로 삶의 울타리를 세우고 지키기 위한 무기이기도 하다. 그렇기에 나는 누군가 돈에 대해 고민한다면 주저 없이 더 욕심을 내라고 말하고 싶다. 돈에 욕심을 가져야 하는 이유는 돈을 대하고 물건을 사는 태도가 삶을 대하는 태도와 닮아 있기 때문이다. 때때로 돈은 어떻게 버는지보다 어떻게 쓰는지가 내 가치를 말해주기도 한다.

돈은 다른 말로 가치다.

내가 내 인생을 제대로 살아보자고 결심한 뒤로 가장 많이 바뀐 것 중 하나가 돈에 대한 생각이다. 예전에는 돈을 어떻게든 적게 쓰며 아끼자고 생각했다면, 요즘에는 쓸데없는 것에는 돈을 쓰지 말고 써야 할 곳에는 아낌없이 제일 마음에 드는 것에 돈을 쓰고자 한다.

돈 버는 방법이야 나도 여전히 찾아가고 있는 중이라 정답을 말해줄 수는 없지만, 최소한 돈을 폼 안 나게 쓰지는 말자고 확실하게 말할 수 있다. 다음은 내가 돈에 대해 가지고 있는 몇 가지 원칙이다.

1. 돈에 감정을 싣지 말자

돈에 감정을 싣고 있으면 돈을 수단으로 활용하는 것이 아니라 돈을 섬기게 된다. 큰돈이든 작은 돈이든, 모두 소중한 나의 돈이자 내가 얻고자 하는 것과 교환할 때 쓰는 수단일 뿐이다. 그러니 가치 없는 일에 쓰는 돈을 줄여서 모으면 더 중요한 곳에 큰돈을 쓸 수 있다.

2. 가품을 구입하지 말자

어릴 때 뭣도 모르고 구입한 가품이나 가품인지도 모르고 산 가품들은 결국 얼마 지나지 않아 다 쓰레기통으로 갔다. 물건이 마음에 들었던 경우에는 처음부터 진품을 사서 더 애정을 갖고 썼으면 좋았겠다 싶었고, 물건이 마음에 들지 않았던 경우에는 마음에도 들지 않는 걸 뭣하러 가품까지 샀나 싶어 후회가 되었다.

가품을 구입하는 건 내가 원하는 걸 엇비슷한 다른 것으로 대체해버리는 행위다. 그런 행동은 습관이 될 수 있으니 경계하는 게 좋다. 내가 구매하기에 너무 비싸다고 느끼면 그건 지금 나에게 맞는 물건이 아닌 것이다. 차라리 더 개성 있는 디자인이나, 가성비가 좋다거나 하는 다른 가치에 중점을 두고 구매하는 것이 좋다. 올바른 소비는 내가 진짜 원하는, 지금 나에게 맞는 물건을 찾아서 갖는 연습일지도 모르겠다.

3. 상술에는 적당히 넘어갈 것

SNS에만 들어가면 수많은 제품 광고들에 휩쓸려 어느새 결제하고 있는 나를 발견한다. 예쁜 옷, 맛있는 음식, 생활에 유용할 것 같은 기발한 물건들이 너무 많이 눈에 띈다. 그야말로 모방 소비의 장이다. 광고와 마케팅을 보고 산 물건 중에 마음에 드는 것도 물론 있다. 하지만 광고하는 모든 제품이나 유행하는 모든 것을 지금 다 누려야 할 이유는 없다. 거기서 나에게 필요한 것만 취하면 된다. 지금 당장 꼭 필요하거나 1년 뒤에도 잘쓸 것 같거나 둘 중에 하나에 해당되면 구매한다. 그게 아니라면 과감히 패스하자.

4. 물건을 쟁여두지 말자

물건을 많이 사서 쌓아두는 편이 아닌데도 불구하고 화장대를 열어보면 뜯지도 않은 화장품들이 꼭 몇 개씩 보인다. 냉동고에는 냉동 과일과 냉동 튀김들이 가득하다. 물건이 필요해지면 그때그때 고르고 사는 재미도 있는 법인데 물건이 쌓여 새로 살 기회가 없을 정도다. 그때그때 필요한 물건이 없어서 받는 스트레스보다 물건이 가득해서 생기는 스트레스가 훨씬 클 수밖에 없다. 새로 사지도 못하고, 있는 것을 써야 하는 강박에 이중으로 스트레스를 받게 되니까. 집값이 이렇게 비싼데, 그중 대부분을 창고로 쓰고 있는 스스로가 참 못마땅했다. 택배와 배달이 이렇게나 잘 되어 있는 나라에서 물건을 쟁여두는 것 자체가 넌센스라고 생각한다. 안 쓰는 물건은 어서 중고장터에 처리하거나 버리는 게 상책이다.

5. 가성비의 굴레에서 벗어나자

한때는 가성비템이 아닌 걸 사면 내가 호구가 된 것 같았다. 제품은 대체로 비슷한데 가격이 훨씬 저렴한 물건이 있다면 늘 그걸 택했다. 브랜드나 기능만 보고 조금 좋고 많이 비싼 걸 살 필요가 있나 싶었다. 하지만 그렇게 가성비만을 따져서 구매한 제품은 대부분 오래 두고 사용하지 못했다. 가격 싼 것 말고는 늘 2% 부족했기 때문이다. 막상 사용해보니 중요한 기능이 빠져 있다거나, 처음 들어보는 브랜드라서 고장이 나도 A/S가 불가했다. 결국 더 좋은 것을 사느라 이중 지출을 하곤 했다. 게다가 조금 더 싼 제품들만 사 모으니 뭐 하나 번듯한 물건도 없으면서 돈은 돈대로 나가는 느낌이었다. 예산이 부족하거나 정말 몇 번 쓰고 말 물건 혹은 가격도 성능도 좋은 물건이라면 모를까 매번 가성비만 따지는 소비 습관 역시 차선, 차악을 선택하는 습관이다. 이런 습관을 들이지 않는 것이 바람직하다.

부동산, 주식, 코인 붐이 불던 시기에 그 어떤 걸로도 재미를 보지 못한 사람이 나다. 주변에는 크고 작은 재미를 본 사람이 넘쳐나는데 나만 기회를 놓친 기분도 들었다. 그러면 돈이 미울 법도 한데, 나는 여전히 돈이 좋다. 포기하지 않았다. 내 인생에서 가장 중요한 것이 돈은 아니지만, 내 인생에서 중요한 것들을 지키기 위해서는 돈이 있어야 한다. 나는 내가 부자였으면 좋겠고, 그렇게 번 돈을 허투루 쓰고 싶지 않다.

가치 있는 것을 대하는 태도가 곧 내가 돈을 대하는 태도라고 앞에서 말했다. 그리고 그 과정에서 나에게 깃든 습관은 내가 삶을 대하는 태도로도 이어진다. 내가 힘들게 번 돈을 제대로만 써도, 그것을 가치 있게만 사용해도 내 삶은 한층 달라진다. 똑같이 월 300만 원을 벌더라도 어떻게 사용하느냐에 따라 그 사람의 삶은 전혀 달라진다는 것을 누구나 알고 있을 것이다. 나는 우리가 힘들게 번 돈을 허투루 쓰지 않았으면 좋겠다. 그리고 스스로의 삶을 가치 있게 대하기를 바란다.

멋지게 나이 드는 법

어린 시절, 어른이 된 내 모습을 상상할 때면 늘 정해진 순서가 있었다. 멋지게 성장한 직업인이 된 나의 모습, 그다음엔 멋진 할머니가 된 내 모습이었다. 좋아하는 반찬부터 손이 가는 것처럼 내가 좋아하는 어른의 모습을 순서대로 그려봤던 것 같다. 나에겐 젊은 날만큼이나 노년의 모습 역시 기대되는 삶의 구간이다. 요즘엔 멋지게 삶을 누리는 어르신들을 SNS로 접할 수 있기 때문인지 할머니로 사는 내 삶에 한층 더 로망이 생겼다. 특히 노년의 시기에 새로운 일에 도전하는 어르신들을 보면 그들의 건재함에 가슴이 벅차오른다.

나의 외할머니는 아흔넷의 연세에 돌아가셨다. 10년 전쯤, 내가 한참 회사 생활에 지치고 어떻게 살아야 할지 고민하고 있었던 시기에 할머니라면 왠지 어떻게 살아야 할지 답을 아실 것만 같아 할머니를 찾아간 적이 있었다. 내가 상상할 수도 없는 일제강점기와 전쟁까지 온갖 풍파를 다 겪으며 살아온 할머니시니 아직도 어리숙한 젊은이에게 답을 주실 수 있을 것 같았다.

"할머니, 어떻게 살아야 돼요? 인생을 어떻게 살아야 후회가 없어요?"

할머니는 지그시 허공을 바라보다가 말씀하셨다.
"사는 게 금방이라. 하고 싶은 거 다 하매 살아. 다 해야 돼. 눈치 보매 살 필요 엄따. 금방 할매된다. 금방이라."

할머니의 짧은 말씀이 곧 답이었다. 뒤를 돌아보면 내 삶의 눈금이 벌써 이만치 온 것에 놀랄 때가 있다. 삶의 속도는 내가 나의 나이 듦을 인지하는 것보다 더 빠르게 흐른

다. 나중은 없다. 지금부터 살고 싶은 대로 살아야 한다.

자신만의 색깔을 가진 사람들은 세월이 쌓여가면 갈수록 그 채도와 농도가 진해진다. 그래서 어르신들을 보면 어떤 삶을 가지고 살아오셨는지, 어떤 생각과 생활방식으로 살아가고 계신지가 한눈에 보일 수밖에 없다. 누구나 한 번쯤은 지치고 힘든 게 삶인데, 그 삶을 잘 살아오신 것에 대해 무한한 존경의 마음이 생긴다.

이런 마음은 비단 어르신들에게 그치지 않는다. 나이에 상관없이 내가 가고자 하는 길을 먼저 간 사람들에 대해서도 같은 감정을 느낀다. 경력자에게 일을 배우듯 삶의 경력자인 언니, 오빠, 이모, 삼촌, 할머니, 할아버지에게 삶을 배우고 싶은 마음이랄까.

멋지게 나이 드는 법은 따로 있는 게 아니다. 지금까지 꾸준히 해왔으면 좋았을 것들을 지금부터 해나가면 된다.

1. 책 읽기

건강한 몸을 유지하는 것만큼 중요한 것은 건강한 생각을 유지하는 것이다. 다양한 사람들의 생각이 담긴 책을 꾸준히 읽고, 그걸 받아들이고 나름대로 소화하는 과정은 마치 몸이 운동을 하는 것과 같다. 생각의 운동을 위해 책을 꾸준히 읽은 사람은 사고의 깊이, 어휘, 삶에 대한 태도 자체가 다르다.

2. 일기 쓰기

나는 마음에도 용량이 있다고 생각한다. 일기장에 마음을 쏟아내면 또 다른 걸 받아들일 수 있는 여유가 생긴다. 마음 디톡스를 한다는 마음으로 일기를 쓰고 나면 한결 가뿐해진다. 다른 측면으로는 요즘에 싸이월드 사진 복구에 사람들이 열광하는 걸 보면서 개인의 역사를 기록하는 게 얼마나 의미 있는 일인지 깨닫고 있다. 뇌가 기억하는 것과 사진이나 글이 구체적으로 기록해주는 것은 분명 차이가 있다. 지금이 아니면 할 수 없는 생각이나 행동들, 지금의 모습들이기 때문이다.

3. 공부하기

디지털 기기를 능숙하게 다루는 어르신들이나 새로운 경제용어, IT 용어들을 꿰뚫고 계신 어르신들을 볼 때면 존경심이 생긴다. 아직 젊은 나조차 따라가기 힘든 트렌드를 어떻게 저렇게 잘 알고 계신지 신기한 마음뿐 아니라, 급변하는 사회에 늘 주인공으로 살겠다는 삶의 의지 같은 게 보여서이기도 하다.

또 한 분야의 전문가가 된다는 건 물리적으로 시간이 필요한 일인데 지금부터라도 무언가를 파고들기 시작하면 나도 어느새 전문가가 될 수 있지 않을까 하는 기대감이 생긴다. 나이를 막론하고 배우고자 하는 사람은 늘 생동감이 넘친다.

4. 있는 그대로 몸 관찰하기

마음만큼이나 중요한 게 몸이다. 어릴 땐 이상적인 목표를 설정해두고 나를 바꾸지 못해 안달이었다. 하지만 나이가 들수록 나를 있는 그대로 받아들이고, 거기에서 최상의 나를 유지하는 게 더 중요하다는 걸 깨닫고 있다. 몸을 관찰하는 것은 내가 어떻게 살고 있는 지를 보는 것과 같다고 생각한다. 몸은 나의 건강 상태와 생활 습관을 볼 수 있는 바로미터이기 때문이다. 미용적인 측면으로만 몸을 바라보지 말고, 내 몸이 오래 건강할 수 있게 필요한 걸음걸이나 운동, 표정 등을 찾아낼 줄 알아야 한다.

5. 내 색깔 찾기

아마 모두가 시류에 휩쓸리지 않고 내가 좋아하고 나에게 맞는 것, 나에게 어울리는 것을 추구하고 싶지 않을까. 자기만의 이야기를 가진 사람이 되기 위해서 나만의 색깔을 확고히 다져나가며 나이가 들게 되면 그때야 말로 나라는 사람이 무르익는다.

매일이 모여 내 삶이 된다. 그러니 다양한 방법으로 하루하루 나를 발전시키다 보면 어느새 내가 꿈꾸던 멋진 어른이 되어 있을 것이다.

작은 매일이 모여 커다란 삶이 되니까

☺ 종이책을 읽는 게 어렵다면 E북, 오디오북도 좋다. 나에게 맞는 방식으로 책을 접하자.

☺ 일기는 아무 노트에 적어도 상관없다. 손으로 직접 일기를 쓰는 게 부담스럽다면, 휴대폰을 적극 활용하자. '다이어리' 어플이나 묵혀두었던 블로그를 다시 꺼내보는 것도 좋다.

☺ 내 몸을 충분히 살펴보고 나에게 맞는 건강 관리법을 찾아보자. 영양제를 한 움큼 먹는 것보다는 걸음걸이를 바꾸고, 허리를 곧게 펴고, 거울을 보며 인상을 펴고, 스트레칭을 주기적으로 해주는 게 훨씬 도움이 될 것이다.

☺ 공부는 작심삼일이어도 좋다. 도전하고, 시작하자. 성인을 위한 학습지도 있고, 요즘은 온라인에 다양한 클래스 사이트가 많다. 할 수 있다.

(with)

📖 《햇빛은 찬란하고 인생은 귀하니까요》 (장명숙. 김영사)

▷ 유튜브 〈밀라논나〉 채널 '아침루틴' 영상

▷ 유튜브 〈힐링트리뮤직〉 채널 '싱잉볼 명상음악' 영상

▷ 유튜브 〈강하나 스트레칭〉 채널 '하체 스트레칭' 영상

🎬 영화 〈창문 넘어 도망친 100세 노인〉

누구에게나 자기만의
인생 철학은 필요하니까

나이 드는 것이 막연히 두려웠던 때가 있었다. 주전 선수 자리에서 벤치로 밀려나는 기분이 들기도 했고 한 살이라도 어릴 때 왜 내 멋대로 살아보지 못했을까 후회가 밀려오기도 했다. 하지만 나이를 먹어가며 좋은 것도 많았다. 나 자신과 더 친해지게 되면서 나를 더 잘 알게 되었고, 점점 남의 시선에서 자유로워졌다.

어느새 중년의 나이에 접어드는 지금의 나는 하고 싶은 것, 해야 할 것, 할 수 있는 것을 좀 더 명확하게 구분 지을 줄 안다. 내가 필요로 하는 부분에 대해서는 조언을 자주 구하지만 내 나름대로 귀에 필터가 생겼다. 나도 별 생각 없이 남에게 조언을 건네듯, 남들도 엄청난 통찰력을 갖고 나에게 조언하는 게 아니라는 것을 알게 되었다. 지나고 나면 아무것도 아닐 눈초리 때문에 나답게 살 기회를 잃기 싫어졌다. 내 손으로 후회를 만들고 싶지 않았다.

어릴 때는 남 눈치를 많이 보고 살았다. 물론 지금도 남들의 시선에서 아예 자유로운 건 아니지만 불과 몇 년 전만 해도 모든 사람의 말에 갈대처럼 흔들리곤 했다. 남의 평가에 쉽게 휘둘리던 나는 인생을 어떻게 살아갈지에 대한 철학이 없었다. 되고 싶은 모습도, 나에 대한 정의도 뚜렷하지 않았기에 누가 이렇게 말하면 이게 맞는 것 같고, 이게 아니라고 하면 큰 잘못을 저지른 기분이었다.

'잘 살아야 한다, 착하게 살아야 한다' 같은 막연한 생각만 가지고 살았지 어떤 태도로 삶을 받아들이겠다는 고민은 별로 하지 못했다. 그래서 중요한 결정의 순간이 왔을 때 어떤 선택을 해야 할지 몰라 헤매는 일이 많았고 결국 대세를 따르거나 그 당시 가장 가깝게 지내던 사람의 의견을 따르곤 했었다.

지금 생각해보면 어리석은 순간도 많았다.

윤여정 배우가 남긴 유명한 말이 있다.

"나도 67살이 처음이야. 인생이 처음 살아보는 거기 때문에 아쉬울 수밖에 없고 아플 수밖에 없고."

나 역시 처음 살아보는 내 인생을 조금 더 사랑하고 책임감을 갖고 중요한 결정들을 내렸다면 주변의 말에 덜 흔들렸을 것이다. 매 순간의 결정이 모여 나를 만든다는 것을 머리로는 알았지만 지난 시절의 나는 체감할 수 없었다. 늦었지만 이제라도 나는 "내 삶을 가치 있게 만들어주는 선택을 하고, 누구보다 나를 존중해주며 살 것"이다.

옳은 결정만을 내리기에 우리의 인생은 야속하게도 딱 한 번뿐이다. 도무지 연습이란 걸 해볼 기회도 시간도 주어지질 않는다. 인생 철학은 그런 순간에 필요하다. 갈피를 잡지 못할 때 나다움을 찾을 수 있게 안내해주는 셰르파가 되어주기 때문이다.

내가 쓴 이 짧은 책 한 권은 대단한 진리가 담겨 있지도, 누구도 몰랐던 사실을 가르치지도 않지만 자신의 삶에 작은 철학 하나쯤은 만들 수 있도록 물꼬를 터주는 질문들을 담으려 노력했다. 내 일을 잘 해내고 싶고, 행복에 가까워지고 싶고, 어제보다 더 잘살고 싶은 사람들과 함께 성공의 길로 가고 싶었다. 내 바람이 잘 전달되기를 바라며, 오늘도 나는 자신의 삶에 주인공이 되고자 노력하는 모두를 응원하겠다.

부록

나에게 필요한 인생 문장들

#목표 #성취 #욕심 #결심 #멘탈

조금 어렵더라도 최선을 택해보자고. 내 삶에 욕심을 내보자고. 나에게 관심을 갖고, 나를 공부하고, 내 욕심에 솔직해져 보자고. 내 삶을 내 식대로 만들어가자고. (18쪽)

욕심 없고 여유 있는 척 사는 대신 열심히 사는 게 재미있다고 당당히 말할 수 있게 되었다. 다소 과분해 보이는 것도 욕심낼 용기가 생겼다. 타인의 칭찬에 "운이 좋았어" 대신 "내가 정말 열심히 한 거야"라고 말할 수 있게 되었다. (19쪽)

호랑이를 그리려고 하면 고양이라도 그린다. (23쪽)

내가 정의 내린 욕심쟁이는 '스스로의 욕망을 인정하고 삶에 한계를 두지 않는, 두려움 없이 스스로에게 솔직한 사람'이다. (25쪽)

목적지 없는 여정에서는 길을 잃기 쉽다. (56쪽)

손에 쥔 것을 놓지 않으려 머뭇거리다가 다른 기회를 잡지 못하는 일을 다시는 만들지 말자. (130쪽)

하나부터 열까지 내가 한 모든 것이 안팎으로 인정받으면 그로 인한 성취감을 배로 느낀다. (171쪽)

뭐라도 해봐야 일이 일어난다. 상상만으로는 절대 아무것도 할 수가 없다. (187쪽)

멘탈이 강한 사람들은 과도한 걱정은 당장 아무런 소용이 없다는 사실을 잘 알고 있다. (218쪽)

두렵다고 해서 피하기만 하면 그 두려움은 눈덩이처럼 불어난다. 마주해야만 알게 된다. 그것이 단단한 눈덩이가 아니라 콕 터뜨리면 깨지는 거품에 불과하다는 것을! (225쪽)

잘될 수밖에 없는 사람들은 스스로를 좋은 길로 이끈다. (227쪽)

사는 게 금방이라. 하고 싶은 거 다 하매 살아. 다 해야 돼. 눈치 보매 살 필요 엄따. 금방 할매된다. 금방이라. (248쪽)

자기결정권을 버리는 건 남에게 나를 휘두르라고 내어주는 것과 다르지 않다. (27쪽)

죄책감을 버려야겠다는 생각을 한 다음부터 나는 분명히 결심했다. 내가 한 일에 대한 책임감은 가지되, 피곤하고 불필요한 자기 검열을 하지 않기로. (28쪽)

내가 나를 더 좋은 곳으로 이끌 수 있다. (61쪽)

내 인생의 굴곡이 바뀌는 변곡점. 그 지점을 "더 이상 이렇게는 살 수 없다"는 마음으로 맞이한다면, 우리는 인생 그래프를 상승세로 바꿀 수 있다. (119쪽)

잘 살고 있는지를 고민하고 있다면 당신은 이미 잘 살고 있는 것이다. (123쪽)

내 선택이 틀릴까 봐 겁내는 대신, 내가 선택한 길을 맞는 길로 만들어갈 수 있다는 것만 잊지 말자. 길을 만들면서 계속 걸어가면 된다. 그래야 내 인생이다. (130쪽)

이제는 인생의 초콜릿을 어떤 태도로 맛볼 것인지 정해야 한다. 나를 불행하게 하는 초콜릿을 입안에 오래 머금고 있을 것인지, 퉤 뱉어버리고 맛있는 초콜릿을 찾아 나설 것인지. (138쪽)

꼭 무엇을 위해 살아야만 공들여 사는 건 아니다. 성실함은 부끄러운 게 아니니까. (152쪽)

아무도 인정해주지 않는다면 내가 인정해주면 될 일이었다. 내가 나의 일을 더 존중해주고 대접해주기로 했다. (156쪽)

내 인생의 방향키는 내가 늘 쥐고 있어야 한다. (187쪽)

내가 지겠다고 마음먹고 시작하는 게임에서 무슨 수를 쓴들 이길 수 있을까. (190쪽)

직군에 따라 어울리는 모습은 다르지만 일 잘하는 사람은 한눈에 알아볼 수 있어. 옷차림이나 얼굴 표정만 봐도 일을 대하는 태도를 알 수 있거든. (193쪽)

실수를 실패라 여기지 않는 태도는 어떤 일이든 마주할 수 있는 자신감의 근거가 된다. (217쪽)

내 몸과 마음의 근육을 키우는 것은 나와 내 주변 모두에게 도움이 되는 일이다. (222쪽)

나는 평범한 사람에 가까웠지만 훌륭하기보다는 매력적인 사람이 되고 싶었다. (중략) 나를 사로잡는 힘을 가진 이들을 자세히 살펴보니 멋져 보이는 포인트는 저마다 달랐지만 공통점이 있었다. 그들은 '절대로' 남에게 부담이나 불쾌감을 주는 행동을 하지 않았다. (59쪽)

매력이 있는 사람은 단순히 보여지는 이미지 관리에만 성공한 것이 아니다. 앞으로 선택할 수 있는 삶의 폭을 스스로 한 뼘쯤 넓힌 것이다. (61쪽)

외적으로 화려한 사람들보다 오히려 내면의 이야기가 풍부한 사람들이 더 매력적이고 뭔가 있어 보인다. (230쪽)

어떤 상황이나 어떤 모습에서 내가 베스트로 보일 수 있는지, 내 장점을 어떻게 표현해야 내가 빛날 수 있는지를 미리 알아두자. (231쪽)

매력 있어 보이는 사람들은 공통적으로 자신의 삶을 존중하고, 그만큼 남의 삶을 존중하는 태도를 가졌다. (238쪽)

불안은 사람, 건강, 명예, 돈 같은 다양한 짐을 짊어지고 우리를 찾아온다. 아무리 안정적인 환경이라고 해도 산다는 것은 끊임없는 나와의 싸움이다. (122쪽)

없는 답을 찾으려고 하는 과정만이 우리의 유일한 놀이이자 습관이었다. 우리는 서로를 벗어났어야 했다. (179쪽)

해결을 미루는 것도, 자기 비하와 자기 연민에 빠지는 것도 습관이다. (181쪽)

가끔씩 내면을 살피는 것은 좋지만 너무 자주 들여다보면 보이지 않던 작은 흠도 도드라진다. 그럼 나는 흠밖에 없는 사람이 되어버린다. (185쪽)

아무것도 결정할 수 없는 상태로 나를 오래 방치하면 주체적으로 선택하는 방법을 잊어버리게 된다. (186쪽)

머릿속은 바쁜데 몸이 놀고 있을 때. 막상 일을 시작하면 스트레스나 불안감은 물거품처럼 사라졌다. 결국 하면 되는 것이었다. 묻지도 따지지도 말고 이유 없이 그냥 하면 된다. (224쪽)

우리의 목표는 명작을 쓰는 게 아니라 나를 기록함으로써 더 나은 내일을 만드는 것이다. 글 자체에 집착하지 않아도 된다. (41쪽)

일상에서 인풋(input)과 아웃풋(output)의 균형을 맞추고자 노력한다. (중략) 이 노력이 루틴이 되는 순간, 내 모든 삶은 흘러가지 않고 어딘가에 기록되어 내 삶을 단단하게 지탱해준다. 그 경험들이 필요한 적재적소의 순간이 인생에 몇 번은 온다. (41-42쪽)

무얼 잘하려면 체력이 필수다. 시간과 힘을 내 몸에 투자하는 것만큼 자기 자신을 사랑하는 방법은 없다. (42쪽)

지금 찍어놓은 점들은 언젠가 연결되어 선이 되기도 한다. 쓸모없는 배움은 없었다. 어딘가에 써먹을 만한 것이 아니더라도 취미가 있는 삶은 어쩐지 멋지지 않은가. (48쪽)

혼자 있는 시간을 충분히 즐길 줄 아느냐 모르느냐의 문제가, 삶의 질을 결정하는 요소가 된다. (98쪽)

스스로의 삶을 대접할 줄 아는 사람이라면 어떤 관계에서든 홀대받을 리가 없다. 나쁜 상황이 찾아오면 금세 빠져나가 자신만의 행복한 공간으로 가버릴 수 있을 테니. (99쪽)

가까이 있는 것들은 서로 물드는 법. 내 주변에 좋은 것만 두고 나와 가까이 하는 시간을 가져보자. (101쪽)

매일매일 '무언가를 했다'는 느낌, 움직이고 있으니 뒤처지지 않을 거라는 믿음만이 나의 불안을 잠재울 수 있었다. (149쪽)

너무 타이트하지 않되, 정신을 차릴 수 있는 정기적인 일정을 만들어본다. 몸이 다치면 재활치료를 하듯이 망가진 생활을 재활치료한다고 생각하고 무리하지 않는 수준에서 차츰 일상의 리듬을 되찾는 것이다. (164쪽)

의도라는 건 행동하는 나의 몫이 반이고, 나머지 반은 받아들이는 사람의 몫이다. (68쪽)

인간관계를 위해 너무 열심히 노력하지도, 보이지 않는 것을 보려 애쓰지도 말자. 내가 편하고, 내가 자유로워야 내가 만들어가는 관계도 그런 모양새가 된다. (71쪽)

관계의 실을 뚝 끊어버리는 대신 뜨거워진 마음을 잠시 식히는 쪽을 선택한다. 내 마음에 화르륵 일어난 불씨에 모래를 덮어버리듯 그 관계를 살짝 덮어버리는 것이다. (85쪽)

무례한 사람은 가까이하지 않는 게 상책이지만, 피할 수 없고 반박하기 힘들다면 그냥 흘려듣자. (94쪽)

나는 나와 만나는 사람을 다른 사람과 비교하지 않았다. (111쪽)

오해받지 않기 위한 마음은 결국 모두에게 인정받고 싶은 욕망에서 비롯됨을 깨달았다. (189쪽)

일을 마무리 짓고, 결과물을 얻고 난 다음에야 '나는 틀리지 않았다, 반드시 필요했던 시간이었다'는 것을 스스로 증명해 보일 수 있다. (121쪽)

업무 시간은 확실히 정해두고 하루 일과를 가지는 것을 프리랜서 생활의 첫 번째 규칙으로 삼았다. (170쪽)

일을 못한다는 평가를 받았다는 건, 단순히 자존심의 문제로 끝날 일이 아니다. 조직에서 나의 쓰임새가 제 몫을 하는지, 혹시나 이 조직에 피해가 되고 있지는 않은가에 관한 문제에 더 가깝다. (203쪽)

'프로'는 별게 아니다. 벌어먹고 살아야 할 때 어떤 상황에서도 일을 해내는 사람, 그 책임에 충실한 사람이 프로다. 일 잘하는 사람들은 쉽게 기분 나빠하지 않는다. (207쪽)

나에게 주어진 일은 내가 어떤 마음가짐으로 해내느냐에 따라 그 과정도 결과도 달라질 수 있다. (211쪽)

주어진 일을 포기하지 않고 하나씩 성실히 해내다 보면 어느새 스스로에 대한 확신이 생기고 자신감이 장착된다. (212쪽)

우리가 집중해야 할 것은 잘못하지 않고 미움받지 않는 게 아니라 같은 실수를 반복하지 않는 것, 어제의 나보다 좀 더 나아지는 것뿐이다. (31쪽)

평판과 잘사는 삶 중에 내가 더 초점을 맞춰야 하는 쪽은 '잘 사는 삶' 쪽이다. 그러니 평판을 굳이 좋게 바꾸려 노력하지 않아도 되고, 그에 휩쓸려 과도한 스트레스를 받지 않도록 해야 한다. (36쪽)

내가 신경 쓰지 않으면 누구도, 어떤 말로도 나를 평가할 수 없다. (37쪽)

바닥을 치는 경험을 하며 느낀 건 세상에 나를 구해줄 수 있는 사람이 없다는 거였다. (51쪽)

삶에 지쳐 원동력을 잃었을 때 마음을 바로잡는 방법 중 하나는 나에게 투자하는 것이다. (54쪽)

진짜 투자는 나를 내가 좋아하는 환경에 두는 것, 내가 좋아하는 걸 마음껏 하게 해주는 것에서 시작한다. (55쪽)

말을 조심해야 하는 가장 큰 이유는 나를 지키기 위해서다. (107쪽)

모든 성장에는 통증이 따른다. 힘들지 않으면 잘해낼 수가 없다. 지금의 방황은 성장통이다. (121쪽)

스스로도 확실치 않은 길을 응원해주기란 쉽지 않다. 변화의 기로에서 선택은 오롯이 내 몫이다. 그러니 스스로 용기를 내는 수밖에 없다. (122쪽)

불행은 내가 끝내는 것이지 끝나길 기다리면 안 된다. (134쪽)

끝이 보이지 않는 그 고된 시간은, 언젠가는 반드시 끝날 여정이다. (144쪽)

눈물 닦고 집에 들어가서 다시 마음을 다잡고 오늘의 일을 계속하자. 다 왔다. 고지가 코앞이다. (145쪽)

회사에서의 실수는 '회사에서의 나'에게 맡겨라. (212쪽)

일을 하면서 저지른 실수로 인해 듣는 이야기는 일터에 나간 나의 몫인 것이지 집으로 돌아온 나의 몫은 아니다. (212쪽)

잘될 수밖에 없는 너에게

ⓒ 최서영, 2022

초판 1쇄 발행 2022년 8월 18일
초판 50쇄 발행 2024년 10월 21일

지은이 최서영
기획편집 한나비
디자인 북디자인스튜디오 책장점
일러스트 담담(@damdam_illust)
콘텐츠 그룹 정다움 이가람 박서영 이가영 전연교 정다솔 문혜진 기소미

펴낸이 전승환
펴낸곳 책읽어주는남자
신고번호 제2024-000099호
이메일 book_romance@naver.com

ISBN 979-11-91891-20-1 03810